这世间

太多诱惑。身子难脱，
唯有护着心灵，做个清凉汉子。

一册清凉

A Breath of Cool Air

李银昭/著

四川人民出版社

图书在版编目（CIP）数据

一册清凉 / 李银昭著. -- 成都：四川人民出版社，
2025. 1. -- ISBN 978-7-220-13945-1

Ⅰ. I267

中国国家版本馆CIP数据核字第2024K5J706号

YICE QINGLIANG

一册清凉

李银昭　著

责任编辑	王　雪　王其进
封面设计	谢　冬
版式设计	戴雨虹
插　图	丰子恺
责任校对	舒晓利
责任印制	祝　健
出版发行	四川人民出版社（成都市三色路238号）
网　址	http://www.scpph.com
E-mail	scrmcbs@sina.com
新浪微博	@ 四川人民出版社
微信公众号	四川人民出版社
发行部业务电话	（028）86361653 86361656
防盗版举报电话	（028）86361653
照　排	四川最近文化传播有限公司
印　刷	成都兴怡包装装潢有限公司
成品尺寸	150mm×230mm　1/16
印　张	16
字　数	200 千
版　次	2025 年 1 月第 1 版
印　次	2025 年 1 月第 1 次印刷
书　号	ISBN 978-7-220-13945-1
定　价	78.00 元

李银昭

冰心散文奖获得者。四川大学文
新学院研究生，成都市作协小说
专委会副主任。在《天津文学》
《美文》《四川文学》《青年作
家》《西南军事文学》发表散文、
小说百万余字。先后二十多次获
国家级和省级文学、新闻奖。曾
服役于成都军区战旗话剧团。现
为四川经济日报社社长、总编辑。

文章温度与清洁叙事

一

一口气读完散文集《一册清凉》付梓清样，想说的是，她的一切优良与美好，都是一群鱼带来的——是那个清晨，十几岁的主人，双手将小鱼从河滩水凼中捧起，小心而快速放归旌湖的那一群生灵带来的。是那些鱼，咕噜着嘴，扇动着鳍，用整条绵远河，整条沱江，整条长江，和全部大海带来的，活蹦乱跳着的汉字的密码。它们不仅从水中来，也从与水连筋牵骨的大地来，也从与海循环往复的天空来。

带来的这些优良与美好，不仅是这群鱼儿得救之后至今至未来的，也是这群鱼儿得救之前的；不仅属于一册散文，也属于这册散文的作者。

这就打破了我写读后感的陈例：只及文，不涉人或尽量少涉人。鱼儿神一般地，带来了文，带来了人。这个人叫李银昭，《一册清凉》作者。

文如其人，人如其文。

二

跟李银昭认识快二十年了，算是老友。大概是前年吧，我的一册小说《花儿与手枪》，获奖金九万元，包括银昭在内的几个文友就撺掇我请客。时在岁末，我想，那就办一桌，既请了客，又团了年，一举两得，挺好。我立即给龙泉驿本土十来位文友发了个短信通稿，顺便也邀请了银昭。邀银昭，是实了诚，诚了心的。之所以言顺便，是估计他来不了。作为一家报社的老总，事务繁杂可想而知，这年头谁愿意为吃一顿饭穿过五六十里车海，从成都市区到东郊龙泉驿来？他的撺掇，估计是搞耍，哪能当真？但来不来是他的事，邀不邀则是我的事，这就是江湖道义。但他来了，真来了，准准时时，就像一位军人与钟表的约会——事实上银昭也的确当过兵。当天，我拎了三四斤珍藏了多年的散装茅台，让服务生给银昭斟了一小杯。在我的记忆中，银昭是一个不抽烟，不打麻将，不善饮酒，喜好运动和读书的人。没想到，当天银昭喝起酒来，一杯不落，豪气不输左右！

　　跟银昭一见如故，缘于当年他看了我一篇小散文《大明农庄赏月记》，银昭向我们共同的好友——小说家刘晓双表达了对该文的欣赏之意。干码字活儿的人，听闻有人在背后肯定自己的作品，自是高兴。而当面的夸饰，基本当不得真。至此，我一厢情愿暗暗将他引为知己。时断时续交往了很多年，但纯属君子之交：一壶清茶，一碟瓜子，聊聊文学，侃侃三观。偶尔也在一起吃饭，简餐，不是觥筹交错、推杯换盏那种。银昭虽肌肤偏黑，却有白面书生、谦谦君子的气质。他知书达礼，清雅脱俗，人群里一站，自然给人玉树临风的感觉。

知道他最初是写小说的，后来又写起了散文。知道他自带几分文艺气质，穿着却是中规中矩，干净整洁，光光生生，不染一尘。知道他声音亮堂，笑声朗朗，言辞清晰，逻辑性强。知道他有主见，行动果敢，来自盐亭农村，一直在成都做事、奋斗、立足、上进。知道他热情阳光，善良仁义，宽容靠谱，乐于助人。知道他跑步，健身，不吸烟，没有不良习惯，更无怪癖。知道他喜张承志、傅雷、李叔同、张爱玲、爱默生、肖洛霍夫、泰戈尔、丘吉尔。

知道这一切，就是不知道他还喝酒。

因为他的"这一切"，在我的逻辑方程运算中得出的结论是，他是一个永远清醒的人，一个从头至尾、从尾至头明白的人。这样的人怎么可能沾酒呢？！

看来，对老友银昭，我还是有不知的那一部分，正像读《一册清凉》，读到了那么多的新信息。

这就对了。对他的印象，他的"这一切"，加上我不知的那一部分，正好与我读《一册清凉》的感受对位。就是说，人与文，文与人，一致了。

"古来圣贤皆寂寞，惟有饮者留其名。"李白说得好，只有喝酒的圣贤才出得来名。银昭虽不是圣贤，在蜀地也算个人物了，甚至京城、外省都有了他的名声。这样的主，不会喝酒，才怪。

因为对其人的了解和不了解，因为人与文的互访与逆证，我认定《一册清凉》是一册非虚构性散文。我个人是反对散文虚构的，不只反对，甚至可以说是深恶痛绝。我们读散文的时候，常常为里面的一则故事、一个细节，眼含热泪，满怀感动。因为打动我们的是散文的真，而非写作的才华与炫技。不虚构，是散文作者的起笔底线和基本道德。

"如果一个人到了做什么，就成什么的时候，那么这个人已经不是在做事了，他是在做人。"（李银昭《素描大力》）对于李银昭来说，文与人如影随形，不分彼此，似乎这句话也可以换一种说法："如果一个人到了写什么，就成什么的时候，那么这个人已经不是在做文了，他是在做人。"

三

李银昭的文章是有温度的。这话可能表述不准确，因为你会揶揄一笑：这叫什么话，难道这世上存在没有温度的文章吗？你说得没错，温度或高或低，总是有的、在的；即便是零度、零下，也是温度。但，需要明白的是，一些文章的温度是健康的、无毒的、给人以阳光与希望的；一些文章的温度是阴郁的、丑恶的、带病菌的、让人仇怨和绝望的；还有一些文章处于二者之间，含混，多维，各美其美。银昭自然归属前者。所以，如果准确一点表述，应该是这样：李银昭的文章是有宜人温度的。

"文章千古事，得失寸心知"（杜甫《偶题》）。我的寸心告诉我，温度是银昭文章中的大事，这件大事，被它的主人不动声色地藏在文章的细节中。这是我读《一册清凉》的一个鲜明感受。

意大利浪漫主义诗人、作家亚历山德罗·曼佐尼指出："才能平庸之辈任何时候都不可能为自己的题材找到惊人的、独特的、雄伟的表现形式，这些形式是伟大智慧的表现。"（《论浪漫主义》）写傅雷，怎么写，一万个人写过了？一直在文字中开疆拓土的银昭干不了拾人牙慧人云亦云的事。相对傅雷的大，其夫人朱梅馥是小的，而正是朱梅馥的小，感动了他，让他的笔选择了小。"当我站在上海江苏路他们的旧居门前时，平时不太引人注意的朱梅馥，却从我的印象里渐渐清晰起来，总让我觉得眼前这栋旧式的小楼里，当年进进出出、上上下下的主角就是朱梅馥。"（《她比傅雷更不应该被忘记》）我们再来看看温度是怎样从细节中生发出来、直抵我们心灵的："空隙的上面是充电的插线板，就是我悬空的手机垂直下来的位置，也就是说，我担心手机一旦掉下来摔烂，就是掉在那块空隙地上被摔烂，而现在那块空隙地上放着那女士的包。"（《禅就是地上的那个包》）这样的例子俯拾皆是，数不胜数，大有一步一景的流布与生态。无论是《那些带着鲜花和微笑的人》对那位在锦江大桥上卖花的老人蹲在大雨中等作者取花的描写，还是《遍地冬瓜的下午》对一次又一次数冬瓜数目的言说，再或是《做萤火虫也是一种理想》对大巴山农民邓开选小院那群像星空中的秘密突然飞至的萤火虫的叙述，以及《彼岸有花》对残疾人杨嘉利艰难写字的刻画……细节，均充当了温度的调控板，和一招制胜的撒手锏的角色。

着眼小处，盯住细节，见常人所未见，写常人所未写，让银昭的散文现出了别有洞天的景象与格局：下笔是针尖向深井掘进，收笔是矿藏汽化升华出井，布满天空。如此这般的作为，其温度便有了井孔的坚硬深度和云彩的柔曼广度。

其实，关于温度，银昭自己就告诉你了，她是大事。否则，他怎么会将这部集子命名为《一册清凉》呢？清凉，就是一种温度，一种让人神清气爽、给精气神以大力量的温度。李银昭总是那么精神，充满古老岷水的活力，因为他身体的九宫格即便在空气被酷热成固体的环境中，也循环着一册清凉。

四

《一册清凉》是作者对清洁精神的叙事，或者直接就是清洁自己在叙事。清凉一词在书中出现多次，不知不觉透露出了作者的个人喜好。

李银昭的散文，几乎篇篇都有故事，少则一个，多则数个。他的活路，就是调动、组合几千个汉字，将这些故事叙说得清清白白、一眼透底而又余味无穷。

"那是神话般的、唯洁为首的年代。洁，几乎是处在极致，超越界限，不近人情。后来，经过如同司马迁、庄子、淮南子等大师的文学记录以后，不知为什么人们又只赏玩文学的字句而不信任文学的真实——断定它是过分的传说不予置信，而渐渐忘记了它是一个重要的、古中国关于人怎样活着的观点。"（张承志《清洁的精神》）不知为什么，当我决定撰写这篇小文后，一册《清洁的精神》就一直摆在了我的书案。《一册清凉》在电脑里，《清洁的精神》在电脑外，她们一前一后一左一右汇聚在我大脑，沟通、交谈、照应，心有灵犀一点通。

干净、清洁是我对银昭表里身心的直观印象，也是我对他文章风格的印象。双重的印象，对我施加了不自觉的可以引出行动的暗力。

《一册清凉》中，最能集中体现古代洁的精神的，是写傅雷夫妇、李叔同和作者母亲等关于生命、关于生死的文章。"甚至，还没忘记在楼板上放上棉絮和床单，以免自缢后，他们脚踩的凳子倒地时发出声响，惊扰了楼下的其他人。"（《她比傅雷更不应该被忘记》）这是作者来到傅雷夫妇当年双双自缢的房间，对时光逝去场景的还原、对细节的状写。如此的洁，可谓惊世骇俗，感天动地，难怪作者将他们洁的行为，指认为继梁祝、白蛇传、天仙配、孟姜女之后的中国第五大爱情悲剧故事与传说。

到了下午四点，李叔同端正地坐到桌前，写下"悲欣交集"四个字，交给了侍侣妙莲法师。

晚上约七点，他卧躺着念佛，众弟子在床边助念，当弟子们念到"普利一切诸含识"的时候，大师的眼角沁出了泪光。

夜里八点，妙莲法师来到床前，李叔同安静地眯着眼，他睡着了，弘一法师的眼就再也没有睁开。

秋叶，静静地在晚风里飘落，像是在与法师静静惜别。

弘一法师安详、优雅地圆寂，是世间生命面对死亡的一种非凡之美，一种超然之美。

这是经了繁华皈了佛门的李叔同的最后时光，在李银昭《别如秋叶之静美》中的存态，她洁得像惊天动地却又阒然无声的大雪。

因为内心干净，银昭就总能发现世间的清洁之美，万物的清洁之美。在《一个南瓜的故事》中有的是宽恕和同情之美，而在《兰香菊韵润素心》中的是春兰秋菊之美，《菜花都到哪里去了》中的是童心之美，《眼眸的本真与澄澈》中的是清澈之美，《每一步都在播种》中的是安静之美，《以你的姿态站直就是风景》中则是站立之美和死亡之美……

蕴含着人本主义思想的《一册清凉》，看似大多写的别人，以及人对待生灵万物的态度，实则是写作者自己。只有干净的人、至清的人、磊落的人，才敢于扒掉遮羞布，坦坦荡荡，将内心掏出来示人，才能像鲁迅说的那样，"真正的勇士，敢于直面惨淡的人生，敢于正视淋漓的鲜血"。银昭不会常戚戚，不会藏着掖着，吞吞吐吐。他的散文，向度明确，逻辑清晰，是非鲜明，刚好是对那些内心不干净、委委顿顿的伪文人的反动。有人说不喝酒、一辈子没醉过一回的人，是不可也不敢交的，更不可托付终身的，他们太爱自己，太惜自己的身体，有太多的心思心事必须冷静加理性地捂在心里，不能一不小心被冲动和酒精开了锁，暴露在阳光下。现在，你们，也包括我自己，该醒豁银昭为什么是一个能喝酒，喝酒豪爽的人了吧。

其实，除了温度本身，色彩、形态、气息、声音、道德也是温度——尤其是清洁，这更是一种温度。

在李银昭这里，最美丽的温度是清凉。

五

除了文本与人本的互文性，文章温度和清洁叙事，李银昭的散文还在字里行间蒸腾出了唯美的特质，以及余秋雨式的登高一呼总览全局般的慨叹与抒情特质，囿于篇幅，对此，不再展开。

知道了上述信息，我们还应该知道上述一切之原生与来处。

我以为，作者的母亲，是作者人本与文本的源头与根脉。给出这个判断，不是臆测，而是作者满含深情明明白白的告知。在《看母亲端碗时的端庄和享受》中，他写道："但母亲，却把先人们说的话里的精髓，无声地融进了她的血液里，融进了她的生命里，再通过她无言的行走和端庄，传教给了她身后的儿孙们。"在《别如秋叶之静美》中，他又这样写道："有一个人不忌讳说死，也是因为她给了我说死的勇气，甚至可以说，是因为她，才有了我要循李叔同的生命而去，探看'如秋叶之静美'的李叔同之死。"此外，在《一个南瓜的故事》等文章中，也多有他对母亲言行的记叙、倾慕与礼赞。

银昭的母亲是信佛礼禅的，难不成回归绵远河的那一群鱼的祈愿，与母亲的祷告达成了人世间最美好的平衡，乃至最清凉最清洁的传递与轮回？我认为是的。

"所有教育的目的就是获取有关世界的知识。正如我们所说，应特别注意获取知识的正确启蒙方式，这样才会有认识世界的正确开端。……有鉴于此，教育便意味着试图寻找严谨的自然求知的途径。"（叔本华《论教育》）除了母亲的言传身教，李银昭还接受过故乡盐亭山河的教育，那位教民养蚕、缫丝和织衣的嫘祖的教育。

这些教育，无不清凉，无不清洁。

清凉与清洁，她们是近义词，也就是有血脉联系的近亲。

2019.7.11—15

第一辑

生
命
的
温
润

她比傅雷更不应该被忘记　002

看母亲端碗时的端庄和享受　016

不论老师在哪里，都要去看他　022

那些带着鲜花和微笑的人　029

每一步都在播种　036

遍地冬瓜的下午　040

缘深缘浅随缘了　046

为自己曾有过的一个清晨而感动　051

第二辑

秋 叶 静 美

别如秋叶之静美　　060

一个南瓜的故事　　079

生命中那些微弱的声音　　085

真想请你吃顿饭　　090

直抵心灵的温润　　096

菜花都到哪里去了　　101

眼眸的本真与澄澈　　105

禅就是地上的那个包　　109

在精神的圣殿里品诗　　114

第三辑

站
立
的
风
景

好书即是好友　120

一辈子"左"到底　131

以你的姿态站直就是风景　138

兰香菊韵润素心　142

文学是人生苦旅上的一抹朝阳　149

素描大力　158

独一无二的作家张承志　169

做萤火虫也是一种理想　195

与梦中的大鸟一起上路　200

彼岸有花　207

专论：散文"亲历性"的文本印证　218

缘，

　　是偶然中的必然；

缘，是万米高空中漂浮不定的水雾相依后形成的雨滴；

缘，是无数雨滴经过长途飘落后，在山间汇成的欢乐溪流；

缘，是千里之外的两粒种子，经过狂风大作后，并蒂发芽、后又直插云霄的沙海胡杨。

第一辑 ／

生命的温润

她比傅雷更不应该被忘记

一

不应该不知道傅雷。

爱好文学的人，大都读过傅雷翻译的《约翰·克利斯朵夫》，这部获得诺贝尔文学奖的作品，至今都是世界文学顶峰上的顶峰。还有傅雷翻译的伏尔泰、巴尔扎克。

喜欢美术的人，大都读过傅雷写的《世界美术名作二十讲》。这部完稿于一九三四年关于美术的著作，在大学里，被列为美术本科、硕士和博士研究生的必读书籍。

研究音乐的人，大都读过傅雷写的《独一无二的莫扎特》《贝多芬的作品及其精神》。关于他对这两位大师的论述，难有人企及。还有傅雷关于肖邦、关于古典音乐的一系列论著。

如果文学、美术、音乐都没能让我们了解傅雷，那我们不论是为人子、为人女，还是为人父、为人母，都有必要细读《傅雷家书》——这是一部最好的艺术修养入门读物，也是一部充满着父爱的苦心孤诣、呕心沥血的教子篇。如果我们根本就不打算读它，那也不妨花上一包烟钱，一支口红钱，给我们的家人、后人买一本。不是每一个人的书都值得细读，但傅雷的值得。也不是每一个人的书都值得家传，但傅雷的值得。

说这么多，大家记住了傅雷，但这并不是我写下这些文字的目的。

是的，此刻我要说的是另外一个人，要记住的也是另外一个人。这个人与刚才前面说的一切都有关系，却已经被我们忘记很久很久了，甚至已被我们很多很多人忘记了。

这个人就是朱梅馥。

说出她的名字，不少人都会觉得陌生。她就是傅雷的妻子，傅聪、傅敏的母亲。

著名大学者钱锺书的夫人杨绛先生说："梅馥不仅是温柔的妻子、慈爱的母亲、沙龙里的漂亮夫人，不仅是非常能干的主妇，一身承担了大大小小，里里外外的杂务，让傅雷专心工作，她还是傅雷的秘书，为他做卡片，抄稿子，接待不速之客。傅雷如果没有这样的好后勤，好助手，他的工作至少也得打三四成的折扣吧。"

傅敏评价妈妈就来得更直截："她是无名英雄，没有妈妈，就没有傅雷。"

二

台历又翻过了新的一页。2015年大年初二，是阳历二月二十日，看见崭新的一天，我猛然想起了一个人，今天是这个人的102岁诞辰。这个人就是朱梅馥，一个平凡的女人，一个安静的女人，一个我们怎么也不能忘记的女人。

朱梅馥于1913年2月20日出生在上海南汇县城。她在上海教会学校读完初中和高中，纤纤长指能够把贝多芬的《命运交响曲》弹奏得行云流水。19岁时在上海与从法国归来的表哥傅雷结为伉俪，直至1966年9月3日，在他们的住所，上海江苏路284弄5号，双双含冤自缢身亡。

这篇怀念的文章，本应是写给傅雷的。

在20世纪80年代，20出头的我，对知识处于如饥似渴。傅雷是我最喜欢的作家之一，不论是他翻译的作品，还是他关于音乐、美术、文学方面写的散文、评论，我都收藏并细读。尤其是众人皆知的那本《傅雷家书》，在我人生的每一个阶段，每一次阅读，都带给我不同的感受和收获。傅雷对人类所有艺术的感知和独到的见解，使我对他的才华无比敬仰。尤其是因不堪红卫兵三天四夜的批斗、殴打、凌辱，他和夫人朱梅馥在家中"宁可站着死，不愿跪着生"的自缢壮举，如一块磐石，多年来一直堵压在我心头。对傅雷的崇敬，直到今天，只要是逛书店，一看见傅雷的作品或有关写傅雷的书籍，我都会轻轻地抚摸、翻阅，即使不买，心里也感觉到释然和亲切。

但是本应写给傅雷的这篇文章，我却写给了朱梅馥。

记得第一次到上海，我就去寻找朱梅馥和她丈夫的故居。当我站在上海江苏路他们的旧居门前时，平时不太引人注意的朱梅馥，却从我的印象里渐渐清晰起来，总让我觉得眼前这栋旧式的小楼里，当年进进出出，上上下下的主角就是朱梅馥。作为才女和贤妻良母的朱梅馥，不论是哪本书、哪篇文章，在傅家三男的故事里，她总是若隐若现，如画幅上的底色，如音乐里的伴奏，永远都是他们三人故事中的配角。也许我们都错了，我们习惯于赞美傲立于山巅的青松，却忘记了润育和撑起松树的厚实的山体；我们习惯于捡拾海滩上的贝壳珍珠，却忘记了沙滩和大海；我们习惯于赞美春天的花朵，却忘记了润生百花的阳光雨露。朱梅馥就是傅雷三父子脚下的山体，背后的海滩，春天的阳光雨露。

知道了上海这栋小楼里曾发生的故事后，每次想起那个可怕的夜晚，心里都隐隐作痛。想象中，我无数次地去还原当时的现场，当时的情景。当黑暗笼罩整个上海，作为妻子的朱梅馥是怎样陪在丈夫身旁？怎样铺平纸张，看着丈夫留下遗书？怎样将53.5元作为他们死后的火葬费装入一个小信封？作为传统文人的傅雷，通晓古今，多年来陶醉在艺术里，陶醉在人类一切的善里和美里，长时间地畅饮着艺术和善的醇酒，在眼前的动荡和邪恶的劫波中，他清醒地知道，自己刚正不阿的性格注定，脚下的路，只有一条，那就是如嵇康、文天祥般慷慨赴义。但傅雷要完成人生最后这艰难的一跃，需要的是前行的勇气和力量，而这种勇气和力量，只有信仰和爱才能给予。黑夜中，朱梅馥用理解，用支持，用来自血液里的欣赏和来自骨子里的爱跟随在丈夫的身后，安静地陪伴着丈夫写遗书。而留下来的那几页遗书，文字里看不到他们对这个世界半点的不满和抱怨，有的只是平静地交代身后事：房租的支付、保姆生活费的供给、亲戚寄存在家的东西被抄走应付的赔偿。甚至，还没忘记在楼板上放上棉絮和床单，以免自缢后，他们脚踩的凳子倒地时发出声响，惊扰了楼下的其他人。后来，有人写文章说，朱梅馥夫妇，干净了一生，最后的死，干净得更让全世界震惊。什么是中国传统文人的高贵？什么是中国传统女性的优雅？那就是傅雷的离去，那就是朱梅馥一生的安静与最后的陪伴和跟随。从这个角度来看，傅雷的选择，傅雷的弃我们而去，是走向完美，走向理想，走向人生的盛宴，是完成他崇尚的文格与人格的完美统一。这样的统一，随着时间的推移，会更显光泽，会让后人更加赞赏和敬仰。在朱梅馥的陪伴下，傅雷踏着《广陵散》的节奏，在《安魂曲》的旋律里，完成了他不得不选择的一跃，跃进理想的天国，精神的天国。

傅雷走了，两个小时后，朱梅馥也自缢身亡。

上海最黑暗的那个夜晚，大师陨落，英雄辞世，孤立无援的朱梅馥，在丈夫傅雷走后的两个小时里，时钟滴答滴答，她是怎样熬过那一百二十分钟的？她望着身体渐渐变凉的丈夫，在想些什么，又都做了些什么？她是怎样撕开床单，结成绞索？她将头伸进绞索的勇气和力量是哪里来的？她离开这个世界，最后看见的是什么？最后听见的是什么？但愿她看见的是那盆红红的月季花，但愿她听见的是舒缓的小夜曲。丈夫前行，有妻子做伴，而作为妻子的朱梅馥呢？只有残灯做伴，瘦影相随。朱梅馥既是人妻，可她更是人母，她还有两个优秀的儿子，一个在北京，一个在伦敦。一个母亲，要做出舍下儿子，独步黄泉，与这个世界诀别的选择，这要内心经历怎样的煎熬，这要多大的勇气，这要多大的力量！可是朱梅馥就是丢下了一个儿子，又丢下了一个儿子——她孤独、勇敢地随丈夫去成仁赴义。

"士可杀，不可辱"是这个民族的忠烈之士自古以来的自勉和人们对他们的褒奖之辞，多指那些侠肝义胆的英雄男儿。朱梅馥这个只想种花、听音乐、画画、做家庭主妇的"活菩萨"般的善良女人，何以由她来承受一个时代的不幸，民族的苦难？因此将这句话赠予朱梅馥，已属名副其实，实至名归。朱梅馥如一朵莲花，出淤泥，破污水，盛开在上海的夏夜里，绽放在时间的长河里。

"存者且偷生，死者长已矣。"从此，一家四口，阴阳相隔，家破人亡。朱梅馥一家的遭遇，是那个时代中国知识分子命运的一个缩影。就在他们居住的同一条街上，年仅30岁的天才钢琴家顾圣婴不堪侮辱，也含冤离世。远在北京的诗人、考古学家陈梦家，在同一个晚上，用的还是绞索，了结了他55岁的人生。在朱梅馥夫妇自缢现场，摘下他们遗体的民警左安民说，在他管辖的这片地段，500多户人家，有200多户被抄家，自杀的文化人，几乎每天都有。一个文化人的自缢，自缢的是一个人，残害的是一个家庭；一群文化人的自缢，自缢的是一个国家的文化，自缢的是一个民族的文明。

不堪回首的往事，已成了历史。这段历史，是存放在国家档案里的一张苦脸，而朱梅馥就是这张苦脸皱褶里的一滴清泪。

有着这样情怀的女子，现在还有吗？值得让这样的女子去爱的男子，现在又还有吗？

三

她本平凡、安静，就像她的名字一样。说好写傅雷的文章，我却食言先写了朱梅馥，就是因为在今天的上海，今天的中国，没有多少人知道她了，她更没能像当年如杨绛、张爱玲、林徽因那样的女子，至今还被人们不断地提念。滚滚黄浦江，朱梅馥就像滴入其中的一滴清雨，被一江的黄沙湮没。然而清雨必是从高空飞落，就是埋入黄沙，她也是带着晶莹透剔而去。

朱梅馥贤惠美丽又有才华，受过良好的现代教育。她通晓英语，文笔流利优美，更写得一手漂亮的毛笔字——傅雷的很多书稿都是由她一笔一画地誊抄下来，笔迹端正娟秀——是知性的民国女子。她在傅雷工作之余，坐在钢琴前，一首首肖邦、莫扎特的钢琴曲从她的指尖流出，会使整个小楼弥漫在雅致、温馨、恬静的氛围里。傅雷遇到创作不畅的时候，朱梅馥成了他倾诉的对象，成了理清文思的土壤和创作灵感的源泉。在写给傅聪的一封家书中，傅雷这样说："我经常和你妈妈谈天说地，对人生、政治、艺术、各种问题发表各种感想，往往使我不知不觉中把自己的思想整理出一个小小的头绪来。单就这一点来说，你妈妈对我确是大有帮助。"

上海滩这个知性的旗袍女子，朱梅馥，她只

想做个好妻子，好母亲。丈夫喜欢喝咖啡，朱梅馥
就为他泡咖啡；丈夫喜欢鲜花，朱梅馥就在院子里
种上玫瑰、月季。每逢花季，院里便满是花香，一
些高朋好友如著名艺术家刘海粟、黄宾虹，著名作
家施蛰存、柯灵、楼适夷、钱锺书、杨绛等就围坐
在此赏花品茗。每到此时，朱梅馥总是退隐到一旁
去，继续做她的贤妻良母——或是收拾房间，或是
照看孩子；在傅聪出国后，她就靠给儿子写家书，
来倾诉母子之情，来排遣思念之情。在《傅雷家
书》里，就收录了几十封朱梅馥这个时期写给傅聪
的家书。

朱梅馥的胸襟如大海一般宽广，凡事尽力以丈
夫的喜好为喜好。她以为，爱一个男人，就是尊重
他的内心。傅雷在法国留学的四年里，与法国女郎
玛德琳相识相爱，如胶似漆，到了要和朱梅馥退婚
的地步。退婚信都写好了，傅雷没勇气寄出，就将
信托给了当时在法国的著名画家刘海粟。刘海粟比
傅雷大十多岁，看出了傅雷和玛德琳之间的文化差
异等问题，就将退婚信扣压没有寄往上海。后来傅
雷回国后，就和朱梅馥在上海完婚。婚后，他们的

感情又一次遇上了类似的考验。但朱梅馥总是顾全大局，在给儿子傅聪的信中，朱梅馥这么说："婚后因为他脾气急躁，大大小小的折磨终是难免的，不过我们的感情还是那么融洽，那么牢固。我虽不智，天性懦弱，可是靠了我的耐性，对他无形中或大或小多少有些帮助，这是我觉得可以骄傲的，可以安慰的。"

傅雷的好友周朝桢说："像梅馥这样的人，我一生从未见过第二人。用上海人的话讲，她是阿弥陀佛，活菩萨。她受的是西方式教育，听音乐、看书画、读英文小说都起劲，但性格却完全是旧社会那种一点没文化的贤妻良母式的典型。"

朱梅馥和丈夫，一个才华横溢，风骨傲然；一个知书识礼，温柔善良。他们的心中装满温良恭俭让，装满知识、真理、宽容和善良。他们沉浸在翻译、阅读、写作里，沉浸在音乐、美术、文学里。他们只想去感知和传播真善、真美、真艺术。今之视昔，朱梅馥夫妇在老上海是浊世中的一对人中之鹤，他们不为同流而活，只为拔高而生——他们干净地走过上海的老街，优雅、直立的身影，给后世一

种非凡之美的印象。上海，把夜的黑暗和残暴留给
了他们！他们，把人的高贵和卓然留给了上海！

时间是最好的老师，它会让人看清善恶，明辨是
非，它会教人遗弃什么，记住什么。从朱梅馥的一生
让我们看到了女性天赋谦恭、温顺的被动品质，这种
品质赋予她们巨大和深层的宁静，这种宁静，可以把
狂暴野性驯化成精致温柔，这种温柔，在必要的节点
上，会转化出强大的力量，那就是，女性比男性更具
有纯美，更具有高洁、更具有宽厚，更具有一往无前
的献身精神和牺牲精神，就像朱梅馥喜欢的那句话：
"不义而富且贵，于我如浮云。"

朱梅馥的故事，使我现在每到上海，不会急着
去浦东领略东方明珠的神采，也不急着去南京路寻
找十里洋场的旧迹，而是一定要去江苏路284弄5号
院。只要一说起上海，我就会想起朱梅馥和傅雷。
也只有来到他们居住过的这栋旧式建筑前，我才感
觉是到了上海。

偌大的一个上海，曾放不下傅雷的一张书桌，
放不下朱梅馥的一张灶台，一盆月季花。

著名学者施蛰存在《纪念傅雷》的文章中这么写

道："朱梅馥能同归于尽，这却是我想象不到的。"

然而，"想象不到的"事发生了，比起那些想象得到的事来，朱梅馥就更加了不起，更加伟大。

是的，朱梅馥的一切，让很多人都没有想到。从事情发生一直到现在，半个世纪过去了，她的高贵和优雅，一点也未曾远去。我还相信，再过半个世纪，人们还会想起她。朱梅馥和丈夫自缢而去的那栋小楼里的人性之光，爱情之光，正义之光，还将照亮上海一百年。

中华民族，朱梅馥是集这个民族女性美德的一个典范。延续了几千年的中国传统女性美，在朱梅馥这里画上了一个长长的休止符，一个重重的惊叹号！朱梅馥与傅雷的爱情故事，是继梁祝、白蛇传、天仙配、孟姜女之后的中国第五大爱情悲剧故事，第五大民间传说！

朱梅馥是上海一百年的痛，永远的痛！

2015年春节于成都

看母亲端碗时的端庄和享受

　　是春天还是秋天，记不得了。总之，那是一个宽宽松松的时节，不热也不冷，只记得那是个周末，因为只有周末我们才会有时间去那个寺庙。寺庙在城北，记得是儿子还抱在怀里的时候去过那里。现在儿子去了美国，儿子已经开始抱他自己的孩子了。可想而知，那个寺庙对我来说怎么都是一件算得上遥远的事。

　　母亲说想出去走走，意思是想我陪她去个什

么地方。一下我就想到了昭觉寺，就是刚才说的城北的那个寺庙。记忆里，连这次，我是第二次去那里。第一次是母亲带我去的，那时儿子刚出生不久，母亲带上我们去昭觉寺请当时的主持清定大师摸顶。那天人很多，排了几公里长，好在母亲凌晨两点就带着我们上路。大师的手在我和儿子的头上摸，软绵绵的手贴在额头上，至今想起来都还觉得绵柔有温度。

说是缘也可以，说是命也可以，有些事从开始到结尾好像都有一种安排。这次去昭觉寺，是我开着车陪母亲去的，以前是她带着我们。那时的母亲没这么大的年岁，走起路来听得见脚步声。现在可不一样了。母亲进了山门，从弥勒、观音、韦陀到释迦牟尼，一个一个地拜见。点香、敬蜡、作揖到随喜功德，一件事一件事地虔诚。我一直陪伴在母亲左右，细心地观察着母亲的每一个举动。我们母子缘分一生，这么多年，这样细心地关注和陪伴母亲，在我的印象里，还是第一次。岁月催老了母亲的容颜，瘦小了她的身材。一个长大了的儿子，陪着个头愈发矮小的母亲，慈心柔情一下涌上我的心头。

在昭觉寺里，留下印象最深的是陪母亲到饭堂吃斋。

母亲吃素已经很多年了，她吃的是花素，先是初一、十五吃素，后来吃素的天数越来越多，几乎现在快全素了。

去斋堂的路上，经过一个回廊，回廊窄且长，来往的人多，母亲总靠边走。有人的地方母亲靠边走，没人的地方母亲仍是靠边走，如果遇上几人一起说着话走过来，母亲就会早早地更靠边，停下来，让那些人先走。母亲这是在让路。让路，是山道上、水路上的乡下人才有的习惯。在我的生活里，让路已经成了一个久违的词，一个久违的礼数。母亲突然把这一遗落在山道上、消逝在水路上的礼数带到了昭觉寺的回廊里。

回廊的尽头，有一幅字，挂在墙壁上，是白纸黑字加了框的那种，字幅不算大，但很显眼，来去的人都能看见。字的内容是：

"吾有三件宝：一曰勤，二曰俭，三曰不敢为天下先。"

字写得不草，是行书，过目能认得，写字的人还把名字留在了落款处，好像还是位有名的人。但这幅字里面的话，那"三件宝"，是哪朝哪代哪位先人说的，就不知道了。总之，我既来不及琢磨那字，也来不及琢磨那"三件宝"，就已跟在母亲身后，出了回廊，一起就到了斋堂。

斋堂人已不太多，快过吃斋的时间了。母亲找地方坐下，我去取斋。一碗米饭一碗煮厚皮菜，一人一份。尽管饿了，我咽下去却慢。母亲在我的对面，端端庄庄坐着，左手端碗，拇指扣在碗沿上，另外四指扣着碗底，左手肘支在桌上，形成一个v字形。母亲右手持筷子，拈了菜，不直接送嘴里，而是轻放在碗里，也不是随便轻放在碗里，而是小心地轻放在方便吃进嘴里的碗边。母亲将菜放在碗边，不会马上吃，而是将菜和米饭拌一下，小心地送进嘴，小心地咀嚼，满足地品咂着米和菜的味道。盛着米饭的碗，一直被母亲尊重地端着。

小时候，在农家小屋里，母亲说，人的一生是从吃饭开始的。她说，看一个人将来有没有出息，有没有造化，看一个人的吃相就知道了。所以母亲常教她的儿女们，坐要有个坐相，吃要有个吃相。

一晃几十年过去了，走南闯北，似乎还觉得自己混出了点小出息，但与对面端端庄庄坐着的母亲相比，论做人，恍然觉得，儿子还差母亲很远。

碗里最后一粒米被母亲送进嘴里，母亲才小心地将碗轻放在桌上，又将盛菜的碗重叠上去，再小心地将筷子横在碗上。一张小纸巾，母亲用它小心地擦嘴，小心地擦手，再小心地轻沾桌上的点滴汤水。一张小纸巾，用过这么多地方，母亲才小心地将纸巾放在桌下的纸兜里。

昭觉寺，后来我常去，有时陪母亲，有时一个人。陪母亲的时候，就像重读一本暖心的文章一样，重温母亲举止里的恰到好处。一个人的时候，我就很感谢，很感动。感谢母亲那天突然说想出去走走，感谢我那天没别的杂务，才有机会安心地陪在母亲身边，用心地看母亲走路，看母亲伸手取香，看母亲与迎面走来的人点头让路打招呼，看母亲对一粒米、一片菜的珍爱，看母亲端着碗时的享受和端庄。感谢之后，是感动，是一个儿子在母亲用无声的言行，教会他应有的生命姿态之后，油然而生的感动。原来，先人们说的那些话，是挂在昭

觉寺回廊尽头的墙壁上的，而我的母亲，也许她并
不认得那幅名人留下的字，更不懂得那字里"三件
宝"的人生道理和处世哲学，但母亲却把先人们说
的话里的精髓，无声地融进了她的血液里，融进了
她的生命里，再通过她无言的行走和端庄，传教给
了她身后的儿孙们。

不论老师在哪里，都要去看他

人流中，突然看见了老师，不，严格说来应该是我孩子的老师。

儿子放暑假回来，一家人坐车去郊外过周末，在等红绿灯的时候，我看见了老师。老师正在过人行道，走向街的对面。

老师的那头卷发，在风中飘摇，成了人流中独特的标志。

哦，李老师，那是李老师。儿子认出了他的

老师。儿子由衷的激动劲，让我满是欣慰。人生过往，有些事、有些人是要忆想终身的，不论记下的是喜是忧，是乐是苦，比如学校，比如老师。

从画儿童画开始，儿子在美术班里混了好几年，没多大长进，经一位朋友介绍，后来跟李老师学素描和色彩。李老师是成都西城区文化馆的美术辅导老师，有人说他画的作品不太优秀，却教出了不少优秀的学生。对李老师的这种评价，从儿子的长进来看，一位好老师的美誉他是当之无愧的。尽管儿子后来没有成为一名画家。

从过人行道的步态来看，李老师比以前老多了，对此，儿子不断在车上发着感慨。

过了街，李老师往小街里走——小街名叫红庙子，是原区文化馆、图书馆的旧址。改革开放卖股票的时候，红庙子在全国都出了名，每天数十万人在这里买股票卖股票，热闹得很。与红庙子相对的十字路口就是梓潼街，梓潼街左边是一个四合院，院子很幽深，有葡萄架和竹林。当年有不少文化名人如高尔泰、孙敬轩、流沙河在院里讲过课。后来图书馆、文化馆都搬出了这里，李老师的学生也没来这里画画了，这里现在修成了楼房，李老师就住在这楼里。

多年没见李老师了，街上邂逅不易，我们调转车头，顺小街寻老师而去，毕竟他教儿子学美术很多年。

我们对小街是很熟悉的，芙蓉树下的停车位也都还是旧时样子。

停车的时候，一件事突然出现在脑子里。这事与儿子和李老师有关。

车，当年也是停在这里。但心情不同，情绪迥异。

"爸爸，李老师打我了。"电话那头的儿子哭诉着对我说。

听着那样的哭诉声，天下父母都是一样的反应。我放下电话，快速开车直奔而去，只想尽快见到李老师，见到后会说什么，会做什么，全然不知。

距离，感谢距离。

单位到小街，有一定的距离，就是这段距离，使我的情绪渐渐有些好转，边开车边想，李老师谈吐举止都很当得上"为人师表"的，今天他为何打学生？为何打我的儿子？在疑问中，对老师的疑问慢慢变成了对学生的疑问，对儿子的疑问，"你为什么会让老师如此对待？你究竟有怎样的行为或言语让老师忍不住对你体罚？"疑惑至此，想起了母亲对我们小时候的管教。我们兄弟姐妹六个，若在外面惹了祸，不论谁是谁非，母亲首先责问的总是自己的孩子，管教的总是自己的孩子，她对我们，比对别人家的孩子更严苛。

当我把车开进小街，停稳在芙蓉树下的停车位时，心情已慢慢地平静下来了。"小时吃亏，长大是福"——母亲管教我们的这句话总在脑里转动。

我上了楼，站在李老师的画室门口，一屋子的学生静静地在画画。李老师背对我，手里拿着画笔，在给学生勾画色彩。转身时他看见了我，没说话。我想他是认为家长登门，是为学生挨打要说法来了。于是我恭敬地低头，小心地喊李老师。他向我走过来。我说，李老师，我家孩子让你费心了，我没管教到位。李老师却更谦恭，说是他学养教养不够，动粗了，不配做老师。就这样相互谦恭，相互说些退让的话，心里都宽阔了许多，敞亮了许多。

关于儿子为什么挨打，我既没问老师，也没

问儿子，只是知道，儿子像爹：一个"多动"的男孩，一个十足的小调皮蛋，在那个年龄段能干出多少规矩的事呢？

尽管后来儿子考上了音乐学院附中，从本科到研究生，从成都到洛杉矶，儿子的音乐之路一直没停过，但是，对美术，他也从未放下。每逢周末或假期，只要有机会和时间，他都会背上画板，带上画笔和颜料，去李老师的画室学画画。

一晃数年过去了。

一头的卷发，由黑变白了，李老师已由中年，到了老年。

我们的车，一拐进小街，就寻见了老师的背影。儿子先下车，追上老师，向老师行礼问好。老师先是恍然，后拍着学生的肩膀说，长高了，认不得了。儿子对老师的恭敬态，使老师和家长都喜悦有加。只要你曾是学生，不管你的头已高出老师多少，老师永远是老师。这不仅仅是礼数。古话说得好，一日为师，终身为父。

道别时，李老师说，不搞美术，这孩子可惜了，不过音乐和美术是互通的，记住，在美国，你要去大都会博物馆，到欧洲，你要去卢浮宫，而这次你放假回来，一定要去汶川灾区，还有青川、北川，要去看看什么是山崩地裂，感受生命的渺小和精神的伟大，美术、音乐以及一切文学艺术从这些地方出来，才有分量。

老师的这番话，会让儿子受用终身。

就凭这番话，李老师是一位真正的艺术家。

再后来，我去参加一位画家朋友的聚会。这位朋友的名气，现在不算小，在他家客厅的正中，一幅画吸引着不少宾朋，我凑近看，这画不是朋友自己画的，落款处落的名是李老师的，再看印章，也是李老师的。可见李老师在这位画家心中的位置。原来这位画家曾在李老师门下当学生，我们也就很自然地聊起了李老师。他说，很多人都认为李老师放弃美术创作去带学生，可惜了他一生的才华，可这些人都不懂他。李老师最高兴的事，就是看到自己学生的进步和成长。很多人的作品在画布上，李老师的作品在哪里？是他的学生，是人。

没想到，这位朋友对他的老师，有如此好的评价。有这样的学生，于老师而言，足矣。

"李老师他现在好吗？"我问画家朋友。

"哦，你是问李老师嘛，他去世了，去年，是肺癌。"画家朋友说。

人生无常，生命无常。原说的要常去看李老师，可还来不及再看，李老师已走了。

几天后，我打电话把李老师去世的事告诉了远在洛杉矶的儿子，儿子过了许久说，爸爸，下次回来，一定去看李老师，上次说了的，我们一起去看他，可还没看，他已走了，不论李老师在哪里，我都要去看他。

那些带着鲜花和微笑的人

在中国所有的大城市中，几千年不改名不易姓的城市似乎不太多，比如西安就有咸阳、西京、长安之称，洛阳则有东京、洛邑、神都之名。自"九天开出一成都"，数千年来，成都就"站不改名，坐不改姓"。有人说，成都也叫"锦城"。没错，但锦城只能算是成都的别名而已。

锦城，因蜀锦而名。因蜀锦而名的，还有那条河，名叫锦江河。锦江河上有很多桥，比如万里桥、九眼桥、彩虹桥。但我这里要说的却是锦江河上另外一座很有名的桥。

除了自西向东、横贯市区的锦江河，成都还有一条南北走向的大干道，这就是人民路。人民路分为人民北路、人民中路和人民南路。锦江河与人民南路的交汇处是由一座桥连接起来的，这座桥就是我要说的著名的锦江大桥。

锦江大桥于成都，就如肚脐眼于一个人。说起锦江大桥，我有不少的话可说。未满17岁就到了成都，一晃30年过去了，不论是读书、当兵、工作，还是喝茶、跑步、交友，桥上桥下，风里雨里，多与锦江大桥有关。

跟锦江大桥有关的，还有一位老人，对，今天我要说的就是他，一位卖鲜花的老人。近来，鲜花和老人，常出现在我的记忆里。

那时，锦江大桥没现在这么宽，桥窄且旧，桥上多是行人、自行车和三轮车，三轮车是人用脚蹬的那种。三轮车还没上桥，蹬车的人就将车的铃声弄得"叮叮当当叮叮当当"响，响声越来越大，车也越来越近，到了桥中央，坐车人叫停，三轮车就停在卖花的老人面前，坐车的人走下来，与桥上的老人议价买花。

老人蹲在桥中央，一担鲜花放在他的前面，左边一篮，右边一篮。装花的篮子有箩筐那么大，但没箩筐那么深，一看就明白，这篮子是专门用来卖鲜花的。两个篮子的中间，套着一根扁担。扁担后面蹲着卖花老人，他的脸上总是挂着笑容：笑着点头，笑着打招呼，笑着与顾客说些有关花的事。那时的城里，没现在这么多花花绿绿的广告牌，也没有闪闪烁烁的霓虹灯。城里到处都是旧旧的，灰灰的，两篮子新鲜的各色鲜花，对灰灰旧旧的桥来说，对灰灰旧旧的城市来说，无疑是一处亮丽的风景。桥上的人，不论是坐车的、骑车的，还是走路的，都欢喜地看桥上的老人和篮子里的花。

是什么时候第一次看见桥上的老人，我记不得了。最后一次又是什么时候看见过那位老人，我也记不得了。但，有一天，我突然想起了那位老人。

那天晨跑，从九眼桥出发，顺河边跑道，经安顺桥、新南门大桥，到了锦江大桥，左转上桥，准备照例过桥后，顺河岸跑回九眼桥。就在一脚踏上锦江大桥的时候，我突然不跑了，不是我跑不动了，也不是腿抽筋了，我突然想起了桥上的鲜花，想起了两篮鲜花中间的那根扁担，想起了扁担后面蹲着的微笑的老人。在以前放花篮的位置，我停住了，感动，感慨，仿佛曾经的一切浮现眼前。

买一束鲜花，在那个年代，是一件极其奢侈的事。可每天过桥，每天看花，难挡鲜花长时间的诱惑，偶尔也带些鲜花回家，插在家中的花瓶里。

买花的次数多了，与卖花的老人熟了，也知道了鲜花是从一个叫三圣乡的地方来的。现在的成都人都知道三圣乡在哪里，也都知道三圣乡是一个花乡，知道城里的大部分鲜花都是从那里来的，但多年前，知道的人不是那么多。

鲜花，在扁担的两头，老人在扁担中间，两篮子花，老人就这样挑在肩上。早上五点前，从三圣乡出发，大约步行三小时，天亮时，到达锦江大桥。鲜花和老人，春去秋来，风雨无阻。每天的花什么时候卖完，这就说不准了。也许不到半天，也许到天黑了也卖不完，如天气有变，谁都难以预料。

记得有次下班后，我骑车顺人民路往家走，车的后座上搭着一位朋友，准备一起到我家吃晚饭。

可走到半路，突然下起了暴雨，街上的人都忙着找地方躲雨，可雨没有停的意思，越下越大，伞和雨衣都不好使。

突然，我想起了一件事，调转车头，往锦江大桥方向骑去——头天下午，老人的百合花卖完了，他说今天给我留一束，让我下班后去取。

听我说要去见桥上的卖花老人，朋友说："雨这么大，谁还会等你？卖给谁不照样是卖钱。"

雨越下越大，还有闪电和雷鸣。

　　远远地，我看见了雨中的老人。他穿着雨衣，一个人蹲在桥头，整个身子蜷缩在雨衣里。他看见我的时候，将头从雨衣里伸出来，一张微笑的脸在雨中，像桥头上盛开的一朵花。到了老人跟前，他将一束百合花递给我。这束花不是从篮子里拿的，是从紧挨着他衣服的身边拿出的，原来，这是用雨衣罩着的一束花。他递花过来的时候，笑着说，这花没被雨淋着。我接过花，见篮子里的花还没卖完，花瓣和花的叶子被雨淋得湿湿的，耷拉下来，少了些花的艳气。我蹲下，将篮子里耷拉下来的花，一并收起来，付了钱，抱着花，离开了老人，离开了锦江大桥，在雨中骑着车往家里去。

　　雨过天晴，人来人往，四季更替。

　　后来，过锦江大桥，偶尔也买花，偶尔也不买花，不论买不买花，桥上的老人和我还是常有见面的。但不知从什么时候起，我们就再没遇见过了。直到最近晨跑，跑上锦江桥，才想起年轻时在桥上的这些事。

　　锦江大桥，这座成都地标性的建筑，先后扩建、整修了许多次，现在变得宽敞而漂亮，桥头和桥中栽植了不少的绿植和鲜花，晚上整个桥体还有五颜六色的霓虹灯。远远看去，已经不像是桥了，而像是放在城市中的一个精致漂亮的摆件。但是，不论怎么装饰、美化，每当我看见锦江大桥，我都会想起那两篮子鲜艳的花，想起篮子中间连着的那根扁担，想起扁担后面，蹲着的那个微笑的卖花老人，以及老人在卖完花后挑着扁担回家的背影，尽管我至今都不知道老人的名字，就像他不知道我的名字一样。

雨中的锦江桥，桥头老人慈祥灿烂的笑脸，比花更深地刻在了我的记忆里。

其实，城市都这样，一批一批的人来，又一批一批地走。轻轻地来，不知不觉地走。城里没留下他们的身影，没留下他们的足迹，但他们曾来过，为这个城市，为城市里的人们，带来过清新，带来过微笑，带来过鲜艳的花朵，而这些清新、微笑、花朵，被一个又一个人传递，被一条又一条街接送。就这样，城市就新鲜了，生发了。

每一步都在播种

人生是多么奇妙，这种奇妙包括我们对幸福的理解和体悟。一些平凡的东西，司空见惯的事物，却蕴藏着巨大的快乐和幸福，比如空气和水，比如呼吸和行走。其实，人人都可以用手捂住嘴和鼻，感受在不能呼吸的情况下，自己有多么紧张、难受和恐惧。然后，当你松开手，长长地呼吸着空气，心平稳了、安定了，紧张和恐惧也在呼吸中消失了。在呼吸中，你体悟到了，人能长长地吸气、畅畅地呼气是多么的幸福。通过这一体验，你会明白，与对物质、对名利无休止地追逐相比，能呼吸，能享受呼吸，才是人生最美妙最幸福的事。这是我在读了《与生命相约》这本书之后，从书中了悟到的生命奇迹。

《与生命相约》是一行禅师的主要作品之一。作为越南的一位高僧，一行禅师通晓越、英、法及中文，著作达100多种，既是诗人，也是作家和学者。他对佛法的独特领悟和诗意表达，使人们得以了解佛法，掌握净化身体和解脱心灵的艺术。"我不知道还有谁比这位温良的越南僧人更堪当诺贝尔和平奖。"1967年美国民权领袖马丁·路德·金提名一行禅师角逐诺贝尔和平奖时这样说道。

人生就像一次旅行，你在行程中将走过多少山，蹚过多少河，遇见多少同行，这都是生命中的约定，而每一次的约定看似偶然，其实，这偶然里蕴涵着一种必然。我与一行禅师的书相遇，也许就是这样。

逛书店，是多年养成的习惯。进了店，一般都是直奔文学柜或艺术柜，那天我偏偏就去了哲学柜。在哲学柜的宗教栏里，《与生命相约》这本书的书名一下子就吸引了我，再看作者，是越南的一位高僧。高僧的书对我来说，是蛮有意思的。我就小心地翻开书页，书中的文字一下就打动了我，可谓"随风潜入夜，润物细无声"。而打动我的那段文字，至今还被我摘抄在读书笔记里："大地对我们满怀爱与耐心。任何时候看到我们受苦，她都会保护我们。以大地为庇护，我们无须畏惧任何事物，甚至死亡。专心致志地在大地上行走，会感到森林、灌木、鲜花和阳光对我们的滋养。触摸大地，感知大地是一种甚深的修行法门，它能使我们恢复安详和快乐。请满怀欣悦、全神贯注地感知大地吧！大地会净化你，而你也会净化大地。我们随着呼吸慢慢地行走，给大地按摩，每一个脚步都播撒下欢乐幸福的种子。"读着一行禅师的这些文字，就如同在倾听大地对我们的诉说。

后来，每次逛书店，我都要去寻找一行禅师的书。记得有一次在成都春熙路的西南书城，我问一位服务生，有一行禅师的书吗？旁边一位我不认识的书友过来说，你去文殊院吧，前几天我在那里买了一套禅师的书，他的书我也很喜欢。谢过书友，匆忙出店，在夏日的成都街头，直奔禅师而去，直奔夏日的清凉而去。

　　为什么喜欢一行禅师的书呢？一位朋友曾经
这样问我。安静，我说。禅师的书会让你的心安静
下来。不论是他的《与生命相约》，还是《活得安
详》《体味和平》《一心走路》，只要手捧禅师的
这些书，无论你心境有多么不佳，情绪有多么低
落，你的身心都会在禅师的文字里，慢慢地安静下
来，慢慢地懂得了在呼吸中行走，在呼吸中享受，
更懂得了人一生最大的成就就是让自己的心安静、
安稳、安定，即心安就是成就！

　　这就是一行禅师的书给我的启示，正如著名学
者梁文道所言："他讲的都是常识，但是听的时候
就入耳入心。"我想这不是因为他说了什么，而是
因为他整个人的那种状态：从容、宁静、平和。

遍地冬瓜的下午

怎么来到这片冬瓜地的，想不起了。

出了城，就只顾开车，往哪里开，不知道。只知道沿这条路走，就可以到山里，到山里干什么也不知道。人有时候不必太清楚，什么都清楚了，什么都明白了，日子就少了些期待，少了些惊异，少了些无边无际的朦胧和向往。

冬瓜地在车子的右边，是车子停下来的时候，我才看见的。在看见冬瓜地之前，我先看到车子的前方没路可走了，就停了车。车子的左边是一片竹林，竹林里有房檐和墙壁，右边是一片菜地，那时还不知道菜地里是遍地的冬瓜。山野，一片静谧。

遇上这么一个天朗气清、惠风和畅的好天气，也就不想急着倒车往回走，出来不就是想寻个清静吗？这里多好，毛毛细雨飘在农家修竹上，都听得见"窸窸"的声音。我就坐在车上听雨，坐在车上看山，就看见了冬瓜，菜地里遍地种的都是冬瓜。我这么说，其实是不严谨的，冬瓜不是种在地里的，冬瓜应该是长在地里的，种在地里的是冬瓜籽，冬瓜籽发芽出土成了冬瓜苗，冬瓜苗成了冬瓜藤，冬瓜藤开花才变成了小冬瓜，小冬瓜长大后成了现在遍地的大冬瓜。大冬瓜长在地里，远远望去像个小人似的睡在那里。我小时候就睡在冬瓜地里过。小朋友们藏猫猫，躲在冬瓜藤下面，像冬瓜一样睡着让人着实难找。

总有那么一个时间的一个瞬间，突然说走就想走了，不想跟任何人打声走的招呼，也不知要去个什么地方。往往这时，只能听随心的使唤，听随生命的使唤，使唤你去听一下午的风，看一下午的云，数一下午遍地的冬瓜。

冬瓜已经挂灰了，挂了灰的冬瓜就是老冬瓜了。冬瓜也有少年、青年、中年和老年四个阶段。

在冬瓜花与冬瓜藤之间长出的像小指那么大个蒂的时候，就是冬瓜的少年时期，再长到手臂那么粗，颜色由嫩绿变成绿的时候，就是冬瓜的青年时期，再由手臂粗变成腿那么粗，颜色由绿变成青的时候，就是冬瓜的中年时期，后来冬瓜继续长，颜色由青慢慢变成了灰，就像人的头发不知不觉变灰一样。冬瓜上的灰越多，灰越厚，冬瓜就越老。老冬瓜不仅存放的时间长，而且好吃。这片地里的冬瓜都老了，都挂上了厚厚的灰。

遍地的冬瓜，我只是看，没想到要数一数，从小在冬瓜地里长大，与冬瓜熟悉，甚至可以说与冬瓜有那么一些情愫。一个、两个、三个，不知不觉就一个一个地数起来了，七十八、七十九、八十，为什么我要数冬瓜呢？我也不知道。地里的冬瓜，跟我一点关系都没有，我却欢喜地数着别人地里的冬瓜。

大概数到一百多个的时候，突然一只母鸡从竹林里扑哧着跑到冬瓜地里，一只大红公鸡紧追母鸡后面，母鸡接连跃过几个冬瓜，躲闪着，咯咯咯地呼叫，公鸡飞似的追上了母鸡，并一嘴叼住母鸡的脖子，母鸡脖子上的毛一下就散落在冬瓜地里。我正想捡石子向公鸡扔去，支援一下被追得可怜的母鸡，公鸡却瞬间纵身跃上了母鸡的背。原来这两只鸡们是在过快乐的生活，不到几秒钟，公鸡就完事了，公鸡梳理着翅膀，摇动着大红鸡冠，在地里威武地迈着鸡步。哎，上天对鸡们真不公平，鸡的寿命本来就很短了，可过一次快乐的生活也只能以秒计算。

公鸡追母鸡的事，中断了我数冬瓜。公鸡离开了冬瓜地，母鸡也离开了冬瓜地，冬瓜地又平静了，天上的雨似乎已停了。一个、两个、三个，我又从头开始数冬瓜，一直数到二百多个，就在终于数完了的时候，眼睛一眨，发现地边上几个冬瓜好像没数上。于是又从头开始数。

整个下午，我就这样数，数了好几遍，每一次数的结果都跟前面数的结果不一样，怎么会呢，难道地里的冬瓜会捉迷藏吗？后来我就下了车，站在路边，用手指着躺在地里的冬瓜，再一次，一个一个地慢慢往下数。

竹林那边，传来咳嗽声，听那声音，是一个老人。

　　老人拄着一根拐杖，在刚下过雨的小路上小心地挪动。老人挪几下，又停在那里，好像不急着要到哪里去，只是出来站一站，动一动，看一看天，看一看山，听一听秋鸟的鸣叫。我站在那里，车子也停在那里，老人看了我和车子，如没看见似的，继续看树上的鸟，继续看远处的山。刚才安静的冬瓜地，安静的山野，因老人的出现，似乎慢慢活起来了，树也动起来了，鸟也叫起来了，竹林那边，一缕牲畜的味道，一缕烟火的味道，似乎随老人的出现，弥漫过来。那只公鸡和那只母鸡，绕在老人的身边，一边"咯咯"地说着鸡话，一边啄找地上的虫食。竹林，墙壁，老人，公鸡，树上的鸟，天上的云，一派静静的山野，一派生命的山野。

　　我又开始数我的冬瓜。

　　地里的冬瓜，横七竖八睡在那里，有的全裸在地上，有的被冬瓜叶挡住了一半，有的只露了冬瓜的屁股在外面。当我最后一遍数完的时候，还是没数清。然而，天渐渐地暗下来了，微微的山风带着细细的毛毛雨从我的发梢上、脸上凉下去。

　　后来，我就离开了那里。

　　我是怎么离开那片冬瓜地，离开那静静的山野的，一点儿都记不起来了，唯一能记起的是下山之后天全黑了，雨下得大了。在成渝高速路的龙泉同安站我上了返城的高速公路，当车子越开越快的时候，我突然将车靠边，慢慢地停下来，打开车门站在雨中的应急车道上——刚才"窸窣"的雨声，现在变成了"哗哗"的响声。下午在山野里的一切又重现在我的眼前，那片冬瓜地，让我听到了小时候的风，看到了小时候的雨，数上了小时候的冬瓜，尽管一下午也没数出个结果。而我明白的是，山野的一切，将随着车头向城里的靠近而随我渐远，在我的生命里戛然而止，不可再有。猛然间，我感觉到脸上的雨水变成了热热的两行泪。在雨中，我随即放声痛哭，哭声由小变大，由近及远，最后，被淹没在无边无际的哗哗的雨声里。

　　这事，过去已经多年了。可它常常出现，一次又一次地出现在我的梦里。

缘深缘浅随缘了

　　一位朋友近来诸事欠顺，上峨眉山住了几日，回成都的当晚就邀我小聚，叮嘱我车拐到百花潭去接上他。朋友是位媒体人，也写散文诗歌，与我算来有二十多年的交情了。

　　朋友上了我的车，就谈起了关于峨眉山，关于佛的事。他先讲峨眉山与普贤菩萨的关系，再说文殊菩萨，又问我知不知道星云大师，知不知道历史上有个叫了凡的人。朋友兴致很浓，谈兴甚欢，整个晚上都是以他为主讲人。我当然是一个很好的听众，不管他说得准确还是欠准确，我都两眼看着他，很认真地点头，尽管我的思绪有时已信马由缰，跑了十万八千里。后来朋友想不起那个叫了凡的人的姓，想不起就算了多好，可他在那里抓脑袋，实在抓得苦，想得苦，我就说好像姓袁，叫袁了凡；当他说到普贤是智慧菩萨的时候，初时我的心里还能顺着，可朋友总往错里说。把人说错了，就当没听见，也就过了，可错说的是菩萨，心里就顺不了，就起了疙瘩。于是我就说道，没记错的话，普贤是行愿菩萨，智慧菩萨是文殊。聊着聊着，朋友眼睛就发光，盯着我，疑惑地问，原来你是知道这些的？

佛，太深厚，太宽阔。在成都头福街住了多年，与文殊院一墙之隔，眼里、鼻里、耳朵里难免多多少少熏染了些香火味。

朋友说，凭交情我俩什么话都能说，怎么就从没听我说过这些呢，害得他到了这把年岁，上了趟峨眉山才知道世间还有这些人，这些佛，这些事，这些道理和这些智慧。峨眉山之行，让朋友好像有了一种顿悟，是不是真悟了，那得看今后的过活。但这顿饭朋友是要罚我酒的，理由是这些话以前我从未与他谈摆过，错在我知而不和朋友分享。

　　他这么一说，把我也说得有些迷糊。多年的朋友了，类似的话题，一定是聊起过，只不过当时未必是都感兴趣。比如文殊院、石经寺这些地方，我们已不止去过一次，现在想来，摆谈中好像是没碰过这些事情。其实，也许摆谈到了，大家在这些话题上，没有通透的地方，话题就没有穿过布衣，自然没聊到心里去。看来，朋友间的聊话，是有宽有窄、有高有不高的。

　　只是有个细节总在我心里绕着圈。朋友今天上

我的车，所坐的副驾驶位置上就放着一本星云大师注解的《六祖坛经讲话》。他在上车时，看见位置上有书，碍着他的座，拿起书就直接丢到后排座去了，在往后丢的时候，他看也没看那书一眼。

我的车上，什么都可以不放，可从来没少放过书。哲学、思想类的书一般不带上车，因他们太严肃，太理论，但轻松怡心养性的书是少不了的，而轻松怡心养性的书又多与佛门佛语大德高僧有关，就是与文学有关，也是泰戈尔、沈从文、梭罗之类。如果没记错，朋友所提及的佛或僧，庙与寺的书或文，都曾长时间放在车里，与车相伴，而朋友长期坐我的车，却似乎从来就没看见过，就是放在他的身边，他也是视而未见，就是见了，也如碍了他般将其随手丢一边。哦，原来如此，朋友与我是有交往的，是有交情的，但朋友与我车上的书和书中的人或佛或事是没有交往的，没有交情的，更是没有缘的。至少，朋友在从峨眉山下来之前是这样的。

何为无缘？无缘的人就是让有缘的话从耳边随风飘过，把有缘的书从指间漏过，把有缘的人从时间里错过，而已而已。

　　看来，交往不一定是交情，交情不一定是缘分。

　　何为缘分？想起我曾写过的一段关于缘的话。

　　缘，是偶然中的必然。缘，是万米高空中漂浮不定的水雾相依后形成的雨滴；缘，是无数雨滴经过长途飘落后，在山间汇成的欢乐溪流；缘，是千里之外的两粒种子，经过狂风大作后，并蒂发芽、生长，后又直插云霄的沙海胡杨；缘，是时隔千年，距差万里的布道者和悟道者之间的一语相通，一息相连；缘，是相念于高山林海，相望于江河湖泊。

　　缘，随缘随去，缘深缘浅随缘了。

为自己曾有过的一个清晨而感动

想来，那是多年以前的事了。那时，年龄都还小，一群文学爱好者，从成都出发，去德阳看艺术墙。那年月，只要跟艺术、文学沾得上边，总能吸引多方的人前去热闹。到达德阳城里，已近黄昏。河面宽阔的旌湖穿城而过，将德阳城一分为二，当地人把老城戏称为"西德"，把河对面开发出来的新城戏称为"东德"。老城的河边有一个宾馆，它清幽雅静，面河而坐，名曰：秀水宾馆。一群成都来的文学爱好者，在天黑前住进了德阳的这家秀水宾馆。

次日清晨，我早早起床，一人沿河堤漫步。河堤上有树，树上有雾，雾在树梢上飘，飘到河面上去。后来，我就看见了一条鱼，一条在水凼里的鱼，当我看见它的时候，那条鱼正抬头看我，鱼嘴一张一合像是在和我说话。

鱼，不大，水凼也不大。

河床，原来在这儿绕了一个弯。河水在退去的时候，宽宽的河床上，就留下了不少的水凼。这些凼，也叫坑，或者说水窝。鱼儿就是在水退去的时候，随积在凼里的水留下的。太阳的蒸发和河床的渗漏，使凼里的水渐渐减少，直至干枯。遗留在凼里的鱼儿就再也游不到河里去了，干枯和死亡在等待鱼儿最后的挣扎。

顺河堤的坡道，我向鱼儿走去。

自到了城里，就很少见鱼儿了。乡下野孩，是在河里泡大的。在河边看鱼、钓鱼，下河捉鱼、戏鱼，是一件欢喜的事。自小，鱼就是玩伴，与鱼是高兴亲近的，鱼是能唤起儿时那些与鱼有趣的往事的。

　　凼里的水少，浑浊。鱼儿不止一条，都从水下伸出头来，望着天，又像是在望着我。我蹲下，两手捧起鱼儿和浑浊的水，鱼儿在我的手里，乖乖地一动不动。哗哗的流水声，如悦耳的《晨光曲》传来。一条清澈的河流，在河床的中间，蜿蜒向下游伸展。两手捧着鱼，我向清澈的河水走去。鱼儿似乎听见了哗哗的水声，那水声越来越近，小小的鱼嘴张合着，冒着水泡泡，鱼唇偶尔微微触动我手上的皮肤，嘴里发出"噜噜"的声音，那声音应该是鱼儿在说话，而我听不懂鱼儿的话。我快步到了流动的水边，两手放到水里，鱼儿却没有随"哗哗"的河水游走，仍然在手心。鱼儿难道已经没有生命了吗？我将手往水下一沉，鱼儿在水中翻转一圈，然后随流水而去，就在鱼儿游去的瞬间，我感觉到，鱼唇在我手上触动了一下，触动的感觉很明显，是因为借流水的水力使我感觉更加明显，还是鱼儿用力触动了手心在与我告别？

　　转身返向河堤，清晨的第一缕阳光，透过树梢和薄雾，来到了这片河床。树的长影，倒在凸凹不平的河床上，不知名的山鸟从树间飞过，发出清脆的叫声。走在河床上，脚下的泥沙湿湿的。河床既没形成厚实的地皮，也没人畜走过形成的路，看来，河水退去的时间不长。一串脚印，在我走过的地方，深浅不一地留在了我的身后，留在了身后的这片河床上。

水凼，那些坑坑洼洼的水凼，是河水退去时，留在大地上的脚印，它告诉人们，河水曾到达过这里，在这里有过停留。这好像是泰戈尔的诗，记不得原话了。于是，我边走边看河水的脚印，也就是我眼前的这些水凼。

水凼，大小各异，形状不同，有的像脸盆，有的像簸箕，更大的有一间屋子那么大。水凼里的水，有的多一点，有的浅一点，还有的正在渐渐干枯。可怜那些已经干枯了的水凼，小鱼儿横七竖八地躺在水凼的泥沙面上。已失去了生命的鱼儿，正等待着鸟儿、蚂蚁前来搬运。剩下那些有水的地方，水都是浑水，浑水里鱼儿们都在焦急地游动，甚至是跃出水面。尤其是那些正在干枯的水凼，鱼儿们，不论是游动的，还是在泥沙里挣扎的，它们都将小小的鱼嘴露出水面，睁眼向着天空。鱼嘴里冒着水泡泡，发出"噜噜"的声音。那声音，不知是从鱼嘴里发出的，还是泡泡破灭时发出的，当时不知道，现在也不知道。只知道，一条鱼有那样的声音，一水凼的鱼有那样的声音，一河床的鱼儿都发出了那样的声音，那声音在我的心里，比河流更涌动，比江海更澎湃，汇集成了一条生命的河流，听着让人浑身发颤。

猛然间，我脱掉鞋，赤脚踩在松软的泥沙上，用两手捧起水里的鱼儿，再次向河床中"哗哗"的流水走去。一捧，又一捧，一趟，又一趟，一凼，又一凼。太阳正在远方渐渐升高，凼里的水正在渐渐减少，挣扎的鱼儿越来越多。一条鱼就是一条生命，面对那些无助的鱼儿，我奔走在沙面上的双脚，就怎么也停不下来，怎么也不愿离开这条渴望清水、渴望生命的河床。

后来，带队的文学老师，站在河岸上喊我。他说我不打招呼，就离开秀水宾馆，害得文学爱好者们起床后到处找我。当他们明白了河床上这些鱼儿的事后，他们没有催我离开，而是在带队老师的带动下，都挽起袖子，有的也脱下鞋，加入到我的行列，用手一批又一批地将鱼儿从即将干枯的水凼里，捧送到生命的河流里。那场面浩浩荡荡，惊心动魄，现在想起来，仍很感动。

那时，我十九岁，在成都市西城区文化馆的文学沙龙参加活动，沙龙的名字叫"浣花文学社"，此行的伙伴都是这个沙龙里的人，年龄大体和我相当。

过去了很多年，这事在记忆里就渐渐遗忘了。

后来，发生了汶川特大地震，我到伤亡惨重的震中德阳采访。那天在河边的帐篷里写稿，看着将德阳一隔两岸的旌阳河，满满的河水，游鱼在水中穿跃。突然，想起了多年前的那个清晨，想起了赤脚奔走在河床上的那个男孩，想起了望着天空的那些鱼嘴和鱼儿的眼睛。是我吗，那个男孩？在乎一条小鱼的生命，会是我吗？赈灾的帐篷里，我趴在地上望着河水，为曾经的自己有过那样的一个清晨而感动。地震发生以来，多在残垣断壁中行走，走在生命的边沿，见了太多生命的脆弱，见了太多生命的无助，见了太多生命对生的渴望和呼救。原来，废墟上的人与泥沙上的鱼，面对生命，是如此的相似。

生命，没有大小。不论是一个人，还是一条鱼，不论是飞的鸟，还是走的虫，生命，原来都是一样的尊贵。

自此，德阳，去或不去，都常想起，想起那河，那水，那鱼。

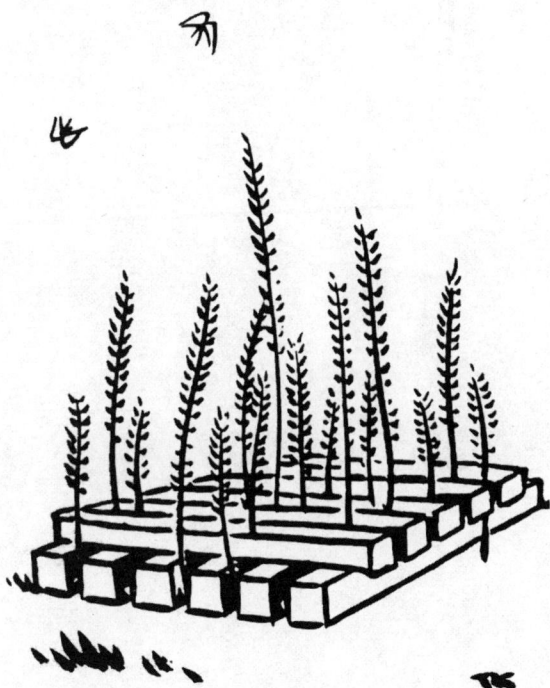

视死如归，给人留下的总是大义凛然、慷慨就义的印象。

母亲对待死的

淡然，

让人感受到了死字后面那个「归」字的美丽。

那是牧童横牛背的静美，那是长河落日圆的动人，

那是大珠小珠落玉盘的纯净和透别。

第二辑 ／ 秋叶静美

别如秋叶之静美

一

生如夏花之绚烂，

死如秋叶之静美。

多年前，读泰戈尔《飞鸟集》中的这两句诗，总被诗里花儿的绚烂，秋叶的美丽所感动。后来，再读到这诗句，就不仅仅是花儿叶儿的美了，脑子里出现的往往是两句各开头的那一个字，即"生"和"死"。这两个字，随着时间的逝去，越来越觉出了它的分量。前几天，又读这诗，突然就想到了一个人，一个被誉为"清癯如鹤，语音如银铃"的人。这个人就是李叔同，即后来出家后的弘一法师。

那么，这首诗，跟李叔同有何关系呢？

一只喜鹊，叼着松枝，在秋日的清晨，盘飞在房顶。随后，松枝掉落在一大户人家宅院的厢房，一个婴儿的初叫声随松枝的落下从厢房传出。这个婴儿就是后来名满天下的翩翩公子李叔同。时间是一八八零年，中国天津。

李叔同年幼聪慧，文心优美，被林语堂、鲁迅这样的大师级人物尊称为"李师""时代的天才和通才"，在文学、音乐、美术、戏剧等多个领域的造诣，寥廓无边，达到了人所难及之境。俗世三十九年，才华、美人、名誉、地位，李叔同可谓要风得风，要雨有雨。把他的这段青春和生命，说成"生如夏花之绚烂"，可谓名至实归。也许是冥冥之中命运的召唤，之后，李叔同在杭州虎跑寺出家。他一领衲衣，过午不食，精研律学，苦心向佛，直至功德圆满，安详往西，终成"律宗第十一代世祖"。他的佛门二十三年，戒定深切，智慧广大，悲心洋溢，尤其是他安静幸福的"人生之最后"，真可谓"死如秋叶之静美"。

喜马拉雅山的东西，各住着中国和印度两个古国，在同一个时代，生活着泰戈尔和李叔同这两位伟人。泰戈尔的这首诗，今天读来，常常让人联想，总以为，是天意授予泰戈尔专门写给东山那边的李叔同的。

李叔同的生命，大致可分为艺术的生命和宗教的生命。他的艺术生命是"绚烂"的，而他的宗教生命则是"静美"的。他离开我们七十多年了，研究他艺术、宗教的文章、专著层出不穷，年年都在出版。而我，试图避开大家都耳熟能详的那些热处，避开他的艺术人生和宗教情怀，专从李叔同的死，从弘一法师的圆寂，说开去。

二

中国人似乎忌讳说死，忌讳谈论如圆寂这样的话题。即便实在躲不过、绕不开的时候，也要把类似的话说成"离开"，或者说成"走了"。一句"一路走好"，成了对逝者最美好的祝愿。

但，有一个人不忌讳说死，也是因为她给了我说死的勇气，甚至可以说，是因为她，才有了我要循李叔同的生命而去，探看"如秋叶之静美"的李叔同之死。

这个人就是我的母亲。

母亲不知道这世上有个叫李叔同的人，也不知道有个叫弘一法师的高僧。尽管母亲知道星云大师、净空法师、《了凡四训》，而且她还是这些大师虔诚的信徒和传播者。

那是二十多年前的一个下午，母亲没现在这么老，走起路来听得见脚步声。我从成都回到盐亭老家的村子里。母亲走在我的前面，我们正在爬一道山坡。看着母亲的背影，我就说："妈，你死了的时候，我不会哭。"怎么会说出这样的一句话？后来想了很多年也没想明白。母子两人好好的走路，突然就说到了死。掐指算算时日，那时母亲才四十出头。母亲没搭理我，继续赶路，走到一平坦处，听见母亲说："哭啥呢，世上没有不离开的老人，你们一哭，人就走得不顺当了。"母亲说得随便，说得平静，就像说要去外婆家团年吃年饭那么宽松，那么轻便。

这句听来不孝的话，我怎么就说出来了？后来才明白：是因为李叔同。

过去了多年，在一张发黄的照片上看见了当年的我。照片是那次回乡下拍的，照片的右边，我手里拿着一本书站着。就是那本书，我还认得，那是一本写李叔同的书，作者是台湾一位名叫陈慧剑的居士。陈居士戎马生涯多年，后来脱去军装，皈依佛门，是一位实修佛学家，他所著的《弘一大师传》，是成都一位老师借给我带回老家看的。那年头，介绍弘一法师的书市面上很少。听老师说，这本书是一个到大陆来的台湾亲戚带给他的。这是我第一次听说弘一法师的名号，知道世上有一个才华横溢的李叔同，在人生活得如夏花般绚丽至极时，他戛然而止，遁入空门，归于平淡。尤其是他的死，大师的圆寂，如此安详，如此平静，如此幸福。自此，弘一那张圆寂的照片，刀刻般烙在了我的记忆里。

死，原来并非全是恐惧。

死，原来可以是"睡态"，可以如此安详。

李叔同的圆寂，让我和母亲摆谈到了关于她的死，摆谈得心平言和、气定神闲。现在想来，对死亡，对怎么死，母亲早有自己的想法。当很多人都在回避，都在恐惧的时候，一生艰辛、劳苦的母亲，把"死"，把"走得顺当"，已视为她生命中要去面对的一道"坎"，一件大事。

三

李叔同生命最后的这一年，世界的东方中日战争如火如荼，进入白热化，而在西半球，盟军挥师北非，并运筹在欧洲开辟第二战场，整个人类生灵涂炭，尸横遍野。艺术家徐悲鸿还在回忆与泰戈尔在加尔各答相处的日子，手捧亲自为泰戈尔创作的素描和油画，为人类刚刚失去这位伟大的诗人而悲痛；李叔同的得意门生丰子恺还在潜心为恩师画《护生画集》。而李叔同却知道了自己的天命之期。他要走了，平静地安排和收拾着身后之事，像是又要做短暂的告别，从泉州回到西湖边，去虎跑寺会马一浮，去梅花屋会夏丏尊，去春晖学校会丰子恺、刘质平。江南的山水，江南的友人，无时无刻不在挂念着他。

就像他写的那首《送别》歌：

天之涯，地之角，

知交半零落。

一壶浊酒尽余欢，

今宵别梦寒。

在生命的最后时刻，李叔同右侧平卧在床上，没有痛苦，没有悲哀，像是在假寐，静听着从西湖水面传来的音乐。

这是一九四二年农历九月初四。

圆寂之前，李叔同先为至交夏丏尊题了偈子：

君子之交，其淡如水。

执象而求，咫尺千里。

问余何适，廓尔忘言。

华枝春满，天心月圆。

到了下午四点，李叔同端正地坐到桌前，写下"悲欣交集"四个字，交给了侍侣妙莲法师。

晚上约七点，他卧躺着念佛，众弟子在床边助念，当弟子们念到"普利一切诸含识"的时候，大师的眼角沁出了泪光。

夜里八点，妙莲法师来到床前，李叔同安静地眯着眼，他睡着了，弘一的眼就再也没有睁开。

秋叶，静静地在晚风里飘落，像是在与法师静静惜别。

弘一法师安详、优雅地圆寂，是世间生命面对死亡的一种非凡之美，一种超然之美。

四

时光渐渐远去。

对老了之后的身后事，母亲常有提及。在母亲看来，死是一件不能慢待的事情，比生还应值得敬重。她说，都告诉你大哥了，到时候，你们都听大哥安排。我只是点头。母亲既然对死有了交代，到时照着办就是了。她把死当成一只蚂蚁走了，看成一片树叶落下的平静态度，使我想起哲人海德格尔的话，"人是向死的存在"。而电影《阿甘正传》中，妈妈对阿甘说的那句台词更容易让我们听懂："别害怕，死是我们注定要去做的一件事情。"可在我们六个兄妹中，对于母亲对待死的态度，我们看法有异。有的也嗔怪母亲，您身体好好的，说什么死不死的事，大过年的。

对死亡，母亲是从容的，是少有恐惧的。这种从容和少恐惧，其实包含着无穷的勇气和智慧。那么，对死后的事，母亲究竟是怎样安排的呢？后来我明白了。因为不久，母亲的二姐，也就是我们的二姨妈走了。母亲说，我老了，就照你姨妈的规矩办。

姨妈的"规矩"究竟是什么呢？

姨妈侧卧在床上，"阿弥陀佛"的念佛声，在屋里，房子里回响，一屋子的人都跟着助念。其中有附近几个寺庙里的师父、居士，有姨妈同修时的师兄师弟，几班人换着念，念佛声一直持续到第二天，持续了二十四小时。

后来，听人讲，姨妈走的前一天，她的女儿，我们的表姐给姨妈照例洗了澡，换了衣服，还请人给她做了轻微的按摩。

"明天不做了，你也休息哈。"姨妈却对表姐说了这么一句从未说过的话。她还补充说，这样很好了，明天休息了。

第二天就说姨妈不吃饭了，她只是说想睡。微睡中，听见从姨妈嘴里传来轻微的念佛声。大家觉到不太妙，就请来了山上的师父和居士，为姨妈助念。念诵声是和缓的，舒徐的，像一首静美的西归行进曲。姨妈在西归的行进曲中，就再没醒过来，姨妈像睡着了似的走了。后来听当时给姨妈穿老衣的师父说，走了二十四小时后，姨妈的脸色还是红润的，而且四肢柔软，穿老衣很顺当。

母亲听着这些话，很是羡慕姨妈。

就照你姨妈的这样办，母亲常拿姨妈来提醒我们。

说了姨妈，母亲又说了另外一个人，这个人就是我们的姑妈。姑妈是我爸爸的姐姐，因父亲去世早，姑妈常来照顾侄子们，母亲和姑妈的感情很深。

你们姑妈就没姨妈那样有福分哦，她在医院被抢救，你姑妈受了两天的苦。母亲说，不是所有的病，都需要抢救，像他们那样的老人，就图个走得顺当。她说，人活一世，不论平民百姓，还是皇帝老爷，哪管你生前荣华富贵，走时不顺当，那也是人生的大苦。母亲似乎一直在用她的苦生，追求她最后有一个福死。

五

　　姑妈坐在沙发上，她说休息一会，母亲就去洗碗。母亲说，姑妈吃了午饭有休息一会的习惯。母亲洗完碗，还给姑妈身上盖了件衣服。母亲就转身去自己的房间念"阿弥陀佛"，母亲听见外面像是有人说话的声音，她走出来一看，没有人，只有姑妈一人静静地端坐在沙发上，她叫了姑妈，姑妈不应，她走到姑妈身边再叫，姑妈还是没应。母亲就打电话叫来大哥，叫来姑妈的儿子们孙子们。该来的人都来了，医院的救护车也来了。姑妈被抬上救护车的时候，已被塑料的、玻璃的、金属的吊针、氧气瓶、呼吸器包围了。姑妈的亲人们被挤在了后面，一群穿白大褂的人把姑妈送进了重症监护室，现代医学称为ICU病房。这样的病房是专为那些临死或者正在死亡，甚至是心脏已停止跳动，或已没有了呼吸的病人设置的房间。医生在这里，做的就是抢救，抢救，再抢救。这里的设备、设施，在每个医院都是最先进的。我有一位同学，华西毕业后去美国读医学博士，她现在是美国一家医院ICU病房的负责人。她说，抢救和延长生命是医院的天职，但病人既然到了这里，是希望医院"过度抢救"，还是选择让病人温和甚至是有尊严地离开，这是一个越来越不应回避的问题。她说，长时间在那样的病房工作，久而久之，有时都分不清被各种先进仪器和设备包围的"那是我的病人，还是实验动物"了。

在此之前，我看过关于巴金老人在医院的报道。说他在生命的最后几年，先是切开气管，后来是靠喂食管和呼吸机维持生命，但巨大的痛苦使巴老多次提出安乐死，还不止一次地说"我是为你们而活""长寿是对我的折磨"。没想到这样的事，转眼就轮到了姑妈。姑妈在这样的病房里，被"实验"了两天后，还是没有被那些冰冷的仪器和最先进的设备抢救回来。这两天里，医生护士进进出出，刀刀钳钳瓶瓶罐罐叮叮当当，姑妈身边没有一个亲人，任由手术判决切割，浑身上下插满了针头管子，像台吞币机一样，分分秒秒吞下的是钱，最后像流水作业似的"工业化"般死去。

姑妈的这事，让母亲遗憾了很多年，直到现在。

一边是姨妈，一边是姑妈。姨妈是在"阿弥陀佛"的佛音中，有亲人陪伴着安静地走了，姑妈是在抢救抢救再抢救的刀刀钳钳声中，一个人挣扎着独自离开。

两个姐姐先走，母亲更加坚定了她对迟早都会到来的"最后"所做出的选择。

百善孝为先，百孝尊为大。

尊重母亲的选择，是做儿女们的本分之事。

六

古话说，子欲孝而亲不待。

在李家我父亲这一脉：大爸排老大，走了；大姑妈老二，走了；二姑妈老三，走了；我爸老四，走了。李姓这一脉，在父亲这一辈，就只剩下了母亲。

在汪家我母亲这一脉：大姨妈排老大，走了；二姨妈老二，走了；大舅老三，走了；二舅老四，走了；我母亲排老五，汪姓到了母亲这一辈，也只剩下了母亲。

母亲就成了李家和汪家唯一健在的老人，四世同堂，儿孙绕膝，几十个晚辈都很敬重她，都把母亲当成了家族里一尊活着的菩萨。

尽管晚辈们都孝顺她，敬重她，但母亲还是对她的身后事，放心不下，一旦碰上了那个话题，母亲就淡然地说着她的死，说着她死后的那些事。每到这时，我望着母亲，就想起一个成语：视死如归。这个成语之前留给我的总是大义凛然、慷慨就义这些激昂的印象。然而，对待死，母亲的淡然，才让人真正感受到了死字后面那个"归"字的美丽。那是牧童横牛背的静美，那是长河落日圆的动人，那是大珠小珠落玉盘的纯净和透剔。在母亲眼里，死亡，是人生要面对的最后一次考试。生前，不论谁赢了多少，胜了多少，也不论谁输了多少，亏了多少，人生好不好，得意不得意，圆满不圆满，全在最后这一考。对这，母亲不仅仅是坦然，似乎还有几分乐观和期待。母亲谨小慎微地把她生命中的每一次舍，每一次亏，每一次输，都视为垫高了她走向"最后"的台阶。母亲自信满满地做好了她进入考场之前的各项准备。

在征得母亲的允许后，母亲保存在大哥那里的
"安排后事的秘密"的盒子，被我提前打开了。

手抄的文字，用红布包裹了多层，一层一层地
打开，字就显露了出来：歪歪斜斜，是繁体，很难
认清，有的字还得猜上一会儿。但文里的内容，似
曾熟悉。慢慢往下看，让我越看越吸着凉气，让我
发愣，让我震撼。原来，怎么也没想到，母亲保存
了这么多年关于死，关于死之后的秘密，正是李叔
同的《人生之最后》。

七

一九三二年，上海的报纸又刊登了声称"弘
一大师李叔同圆寂"的假新闻。这种新闻几乎每年
都有。尽管李叔同已出家，云水芒鞋，游无定踪。
但那个时代，对这位"天才大师"的关注和评说，
从来就没有停止过。在众多的评说和赞美中，张爱
玲的话，成了那个时代文化人赞美弘一法师标志性
的声音："不要认为我是一个高傲的人，我从来不
是的，至少，在弘一法师寺院围墙的外面，我是如

此谦卑。"不论外界怎样评颂，不论报纸怎样以
"死去"或"圆寂"来增大外界对他的关注，而此
时的李叔同已在开始对人生"最后一段大事"进行
思考、归纳。并于年底，在厦门妙释寺开讲"人生
之最后"。根据佛家处理"人生最后那一课"的方
式，李叔同写就了一本小册子，随后，上海佛学书
局将其出版流通。

　　母亲珍藏的手抄版《人生之最后》，不是原
文，也没注明作者是李叔同或弘一法师，但主要精
神全在里面。这本册子的原文，我有幸在台湾作家
林清玄著《呀！弘一》一书中读到过，所以一看那
抄本，就嗅到了李叔同的味道。但不解的是，母亲
是从哪个师父，或者是哪个居士那里得来的，不得
而知，也不必而知。可见，李叔同走了这么多年
了，原来他的道行，他的仙风，他的懿德，依然感
化着无数的众生。他的安静，他的微笑，他松枝般
的道骨一点也未曾离去，在寺里，在山道，在田
间，那么深地植入了民间，植入了底层，植入了普
罗大众的心灵。这让人想起李叔同的挚友、新文学
先驱夏丏尊所说："李叔同是有后光的。"意思是

说，像佛菩萨的头顶后方有一圈圆光，这光可以恒长照生命，恒长照后世。

李叔同的《人生之最后》，分引言、序言和正文，但字数并不多，连注释在内三千刚过头。正文又分"病重时""临终时""命终后一日""荐亡等事""劝请发起临终助念会""结语"六个部分。整个册子的主要精神乃是告诉人们，在生命的最后，要把握那一段稍纵即逝的时间。从生重病开始，就要放下身心，放下一切，专心念佛。亲人则不要闲谈杂话，提及诸如遗言之事，这样会使上路的人牵动情感，留念世间。遗言需在清醒时留好。身体更不能随意搬动，"因常人命终之时，身体不免痛苦，倘强为移动，沐浴更衣，则痛苦将更加剧。"正确的做法是家人万不可哭，毕竟哭有何意义？只需为病痛者助念"阿弥陀佛"，轮番不断，使其安静往生，吉祥善逝。命终八小时后，方能净身更衣，因这之前，亡人虽不能言，依然觉得痛苦。丧事的操办，"切勿铺张，毋图生者好看，应为亡者惜福也。"

一直讲到"七七四十九天"之后。

读母亲手抄版的《人生之最后》，一番别样的滋味，从心里豁然开朗，就如是雨天，下着雨又晒着太阳，清风拂面，人站在太阳雨下，安静通透，幸福得如一个呆人。

以前读《人生之最后》，震惊的是李叔同似乎已经是"死"过一次的人，不然他何来的如此体验和感受。此次手捧"抄本"，人瞬间感觉与天地、生死连接。死，既然是生命中躲不开的一道"坎"，绕不过的一道门，那何不像母亲所盼的，李叔同所讲的那样去坦然面对？把这个一切生灵"伟大的平等"，当成一次人生的盛宴，一个庄严的节日。

写到这里，又想起了泰戈尔的诗。自康德、叔本华到海德格尔以来，有关生命、死亡的追问，就一直没有停止过。泰戈尔如站在大地上的一位园丁，把"向死而生""先行到死中去"这些哲学问题，当作田野的草叶和花朵，看成天空的飞鸟和新月，他优雅地吟唱着从生到死的"绚烂"和"静美"。而李叔同用"松枝落地"，到安详善逝的整个生命，诠释着泰戈尔这两句诗的全部意义。看来，人，一旦预先步入了死的境界，从死的角度，以倒叙的方式反观生，才能把人的一生从开始到结束自然地展现出来，做到从容淡然、气定神闲和"诗意地栖息"。

原以为，泰戈尔的诗，是写给李叔同的，其实不仅仅是写给李叔同的，也是写给姨妈的、姑妈的，写给健在的母亲的，同时也仿佛是写给我的，写给未来的我们的。

生如夏花，
死如秋叶，
还在乎拥有什么。

2016年秋于成都

一个南瓜的故事

　　时光，不论过去了多久，有些事总在眼前挂着。一个南瓜，在我记忆里，就这样挂着、长着，无论我从老家的土地上走了多远，都没法掉落。有一天，我和母亲静静地坐着，时光的叶子，被我一片一片地将开，久违了的那个南瓜就现了出来，成了祖孙四代一大家子人的龙门阵。

　　"那个南瓜——"我问母亲。

　　母亲说："哦——"随后，点着头，想着什么似的，不说话了。

　　那时我还小，几岁还是十岁，记不得了。南瓜成熟的时节，是太阳很大，地里的热气把人像馍一样蒸的日子。母亲叫上我的时候，是正午，那时的太阳正好在头顶。我们家的自留地，就在一片竹林外的山坡上。村里人的自留地都在那片山坡上，一块地又一块地连在一起，就像是自留地的一个"村子"。每次路过这片"村子"，母亲总说这块地的苞谷长得好，那块地的豇豆挂得多。对别人地里庄稼的夸赞，母亲很是舍得，就像是夸一个听话的孩子，夸赞的那些话实在得像是弯腰的高粱穗子一样饱满。

快到我家自留地的时候，母亲停住脚，不往前走了。她看见一个人在我家自留地里，那人在我家地里左看一下右看一下，像是在找什么东西。母亲闪到苞谷地里，苞谷秆长得很高，我和母亲被苞谷秆挡住了。我用手扒开苞谷秆，警觉并好奇地向我家自留地方向望去。那人在地里找来找去，后又用脚在地里碰什么东西，最后是蹲了下去。当那人再站起来的时候，手里就抱个什么东西。当他抱着东西面向我们的时候，我们就看得清清楚楚。原来，那人是在我家地里偷东西，偷摘了我家的南瓜。那南瓜是我家地里今年的骄傲，早就成熟了，可一直舍不得摘，母亲说留着它，等它再长长，长得又红又大，不仅吃起来会香甜可口，而且它肚里的南瓜籽会长得硕大又饱满，还能做明年的种子。就这个可做明年种子的"南瓜王"，却正在被别人偷摘。我刚要大吼的时候，母亲捂住了我的嘴；我想挣脱跑过去，母亲又使劲拽住我。那人抱着我家的南瓜，就从母亲和我的身边走过去了。我相信母亲也认出了那人，那人就是我们家的邻居。那人从我们身边走过去的时候，红红的大南瓜比他腰还粗，他东张西望的神态就像一只趴着走路的鸭子，很快消失在了山坡上。可是，这事过去很多年了，仍会时不时地让我想起，让我惦念。从几岁或是十岁，从盐亭的一个小村子，一直惦念到成都，惦念到现在人生过半。

　　一个南瓜，怎么就这样挂在了我的记忆里？

　　细细想来，我惦记的究竟是什么呢？是那个南瓜？还是那个偷南瓜的人？好像都不是。随着阅事增加，似乎觉得，我惦记的是母亲，是母亲为什么眼睁睁地看见那人把我家的南瓜偷走却不说一句话，也不让我们声张。是母亲胆小怕事？还是母亲负重忍欺？

　　今年春节，大年三十的晚上，当一大家子人凑在一起摆龙门阵、聊家常的时候，那个南瓜的事，又让我突然想了起来，于是我就问母亲。母亲现在八十有余，儿孙满屋，四世同堂。我一说完南瓜被偷的事，大家都沉默了。显然，这南瓜，母亲和我一样，一直挂藏在心底，没有拿出来给其他人讲摆过。一屋子的人都诧异、惊奇，一屋子的眼睛都问号似的望着母亲。母亲久久没说话，我以为她记不起了，我就提示她是那个夏天，那个正午，那片苞谷地，那个蹲下去偷南瓜的邻居。"知道，知道，我知道那事。"母亲说她一直都知道这事，她用手示意我不必往下说。母亲不让我往下说的手势，使我想起她当年不让我出声，不让我现场抓住偷瓜人的情景。看来，关于邻居与我家南瓜的这件事，无论是以前还是现在，母亲都不希望我们言说，更不必大嚷大叫。可现在，母亲面对她的满堂儿孙，面对儿孙们疑惑的目光，只得说了这事。当说到南瓜的时候，母亲说的是"摘"了南瓜，没有说那人"偷"了我家的南瓜。当母亲说到那个邻居，快要说出他名字的时候，她总是躲躲闪闪，只说是一个邻居，终没说出那人的名字来——尽管那人早已离开人世了，可邻居的后人还在。邻居的后人与我家继续为邻，虽然一家姓李，一家不姓李，两家人这样为邻大概有好几代了。记得小时候，母亲是不允许我们说别人家长里短的，何况像邻居与我们家地里南瓜的这种事，是万万不可说出口的。

"奶奶，那人偷东西，是坏蛋。"

"奶奶，为什么不吼一声，让那个贼把南瓜还给我们？"

淘气的孙辈们不饶，要追问个明白，"为什么不抓住他呢？"

母亲的话让一屋子的我们都沉默了，一字一句够她的儿孙受用终生。母亲说：

"做人，多给别人面子，自己就有面子了。"

一个近邻，胜十个远亲。母亲说，那年头，邻居家更穷，日子比我们家还过不得，几乎揭不开锅了。相邻相居几十年，为一个瓜吼了他，好人就成了仇人，见了面，就不好打招呼了。

母亲虽没读多少书，没教我们多少知识，更

没教我们一些谋生的手艺，可自小她就教我们用心去待人，用心去待物，不论是对一个人，还是对一只小猫小狗，不论是对一棵树，还是对一株小草，一朵小花。母亲说，待事，只要把心放上去，人就长本事了，人就长见识了。心有多诚，事就会做多实；心有多善，事就会做多远。母亲的几个儿女，走南闯北，揣着的就是她说的这些话。现在母亲又把关于南瓜的这番话，说给了她的后辈们听。母亲的话，句句播在她儿女、孙辈、重孙辈们的心田里，就像饱满、生机勃发的南瓜种子，播散在山坡上就成了一片地，成了来年的希望一样，母亲的话也成了一个家族延续的希望，一方水土生发的希望。

生命中那些微弱的声音

　　有一些声音，在我们的生命中略显微弱，然而就是那些微弱的声音，不经意间，如春风打脸，如露落睡莲，唤醒我们蒙尘的良知，滴润我们干枯的心灵，提示我们匆忙的脚步，慢些，再慢些。

　　那是夏天，十多个小时的空中飞行后到达北京，却遇上了十分罕见的暴雨。在北京转机回成都，当时我们已登机，飞机因暴雨不能按时起飞。机舱外是电闪雷鸣，倾盆大雨，机舱里的人最初还能忍耐，可是满满的一舱人，随着起飞时间的一再延迟，最后到了无法忍耐的地步。

闷热的机舱里，乘客先是坐着发发牢骚，后来是站起来向空姐要拖延时间的解释，向乘警要飞机不能起飞的说法。先前的小小骚动，变成双方都据理力争，得理不饶人，甚至指手画脚，瞪眼挥拳。眼看这种争辩吵闹，瞬间将演变成一场打砸场面。

就在这时，一个声音出现了，平息了机舱里的纷争吵闹。

这个声音不是大吼一声，也不是舱外的晴天霹雳。

这个声音很小，小得有些微弱。

就是这个微弱的声音平息了人们心头正在生起的责难、怨恨，平息了一场本不该发生的"战争"。

这声音是一位大嫂发出的，她就坐在我的后排，是整个吵闹的机舱中少数安静的乘客之一。

"这么大的雨，炸那么大的雷，飞机上天，还不如就坐在这里安全呢。"

就这么一句话，简单，平实。关键是细细一想，飞机因暴雨耽误起飞，我们不能按时回家，这跟空姐、乘警是没有关系的。幸好有人说了实在话。

就这么一句话，像一颗石子掉在池塘，声音不大，但它激起的涟漪，递次扩展，在机舱里，在人们的耳边，被人念说，照样起到了树动山摇的作用。

另一件类似的事，发生在中俄边境的黑龙江东宁口岸。

中俄两国间隔着一条河叫绥芬河，来来往往的车辆都要通过绥芬河上的桥过关。那天我们乘坐的是一辆搭载40多人的大巴，在过关时，足足等了几个小时。当我们的车开上那座桥时，在几十米长的桥上也等了两个小时。而就在我们焦急等待过关的时候，车上几位乘客要求下车"方便"。带车的导游小姐解释说，两国间的车一旦上了桥是不能开车门的，尤其是人不能下车，如果要下车，俄方警察是可以举枪的。尽管导游说这种事曾经发生过，但几位乘客还是坚决要求开门下车去"方便"，并向导游小姐提出了一连串的问题，比如：过关为什么这么难，安检为什么这么慢，俄罗斯办事效率为什么这么低。导游一时难以回答，他们也并非要得到回答，无非是用这种看似"君子动口不动手"的软软的办法，强行堵住导游的嘴，胁迫导游下车为他们的"方便"去向俄方警察求情、做解释。就在导游无可奈何地一边打开车门，一边说着"那我就冒着生命危险去试试……"时，几位俄方警察迅速举起了枪。就在这时，一位乘客站了起来。他离车门很近，用手挡住了车门，拦住了导游，不让她下车。他说："姑娘，你的年纪和我女儿相仿，车上的叔叔阿姨都是你爸爸妈妈辈，他们家孩子就是你这么大年纪呢。"

又是一句朴素的实在话！

我不知道车上其他人怎么想，但当我听到这句话时，心里一阵阵发热，一阵阵发酸。一群为了顺利过关，为了自己去"方便"的成年人，何以对像自己孩子般年纪的导游小姐如此这般？海关安检的快慢，俄罗斯警察在国境线上的严格执勤，哪里是一个中国导游小姐能改变的？

真感谢同车的那位乘客，真感谢他那句朴素的实在话。有了他那句话，不仅平息了车上当时的责怪、怨气，也使我们后来的整个行程，增添了许多温暖与和谐。

上面两件事，都是事态发展到最关键、最危

险时刻，由于有人站出来，发出了他们该发出的声音，使事态改变了病态的发展趋势，沿着正确的方向行进。

他们的声音并不大，语言并不惊奇，不是豪言壮语，也不似哲理那般深刻。他们的声音甚至还有些微弱，微弱到完全可以被淹没在抱怨声中。但就是这微弱的声音，在最关键的时候，总给人以四两拨千斤的力量，总能醍醐灌顶般唤醒人们柔软的天性，让人们不至于为了私欲，蒙蔽了双眼，屏蔽了智慧，屏蔽了事态真相，不至于使社会价值标准、道德规范丢失、沦丧。

真想请你吃顿饭

人群中，一眼就认出了你。喊你，你说你之前没听见，只听见许多声音，还有花花绿绿的股票在眼前晃。

是你？！

你很惊奇。尽管你想掩饰，努力做出一脸的平静，你的眼睛却告诉了我真相。

"从那楼边摔下去，真担心你。"知道你又想说那句话，因为每次见面你都说，那话从轻轻张合的唇边溢出来，像柔柔的一根带子，缠在我身上，要把我从楼边拉住。

"赚了吗，你？"这次你没说那句话，却这样问我，我这才看见你手里拿着股票。

那是几楼？记不清了，反正楼层很高。我只记得那天很冷，为了一把钥匙，我从你们家的窗户上爬了出去。你在窗前做作业，那时你还小，刚上中学，你叫我小李子？那时我才十七岁，刚参军，确实是小李子。许多人都这么叫。团长也这么叫。团长把钥匙掉在家里了，进不了门，团长就叫小李子，我就从你们家的窗户上爬出去了。

我不敢往下看，我知道下面有许多人在望着我，但我不敢看他们，我知道楼很高，但我记不得究竟有多少层。你却记得。你从那扇独特的窗户看着我，看着他们，看着这件事。窗户外的水泥墙，放得下半个脚，我就把我的命放在墙边上，一点一点地向隔壁的阳台挪……

脚还是踩虚了。

那天很冷。这一点我记得很清楚，因为手在水泥墙上抠出了血，我想那是墙冻住了的原因。后来，你问我还记得什么。我摇头。你舒了一口气，气出得很长，每次谈到这里，你都长长地舒了一口气。你说，当时有人大叫一声，叫了后就吓得捂住脸不敢看。是吗？我说，我怎么没听见那声音？我怎么没看见那个人？你说，你亲眼看见我从楼边摔下去了。

可我没摔下去。

后来，有个女孩常常在窗户边往楼下望，又在楼下往窗户上望。你说，那女孩假设了许多，想象了许多，越想越怕。

掉不下去，真的，我终于将小李子的命从那系于一发的地方挪过来了。

可那一瞬是抹不去的，你说。在你的窗户里，在你的眼睛里，在你的世界里，你无法容忍那事实！

掉下去怎么办？

不会的，我说。

假设真的掉下去呢？

每次都这样。过去了的事，你总那么较真，好像那事还在你的眼里。

仔细想想吧，你说。

后来，我也没仔细想。只是你的那些话，随岁月的流逝，在我的记忆里变得越来越清晰。那些话像跳动的心脏，一下一下叩着我——谁也不在意的一件往事，连我自己都记不得的瞬间，却被你牢牢地记住，并深深地烙在你整个生命里。

多险啊，那事。

你妈也这么说，说你在结婚那天还呆呆地站在窗口望了许久。

是吗？我说。

你妈就不再说话，望着我，我也望着你妈——那位善良的老人。

好不好，她？我问。

好。你妈回答道。接着告诉我你住在西门那边。她说这话的时候，喉咙哽咽了。

后来，早晨一起床，我就朝西边望，望了一天的昏暗，太阳还没出来。

真想请你去吃顿饭。

不知什么时候，我渐渐地有了这想法。一想，就想了许多年。

那次邂逅，你带着孩子。你说你向熟悉我的人打听，打听我去了哪里。说我有了一份称心的工作，日子过得也宽心。说问到我的时候，那些人都摇头，说真没想到。你说，那些人真傻蛋，而你，在我还是小李子的时候，你就看到了我的今天。

是吗？我说。

你点头，你的头点得重，很肯定。

股市人真多，多得像声音一样。

亏了，你说。你能不亏吗？在这里，在这千变万化的人海。

钞票股票、股票钞票，就那么轻飘飘的一张张纸，怎么就会把那么多人搅得昏昏乎乎的像一窝老鼠、一团蚂蚁？

有时间吗？你说，现在。

有。我说得快。可我又很快摇头——我的孩子和我的她还在街那头等我。

你对我的摇头笑了一下，笑得很困难，很勉强，很无奈，还有一丝苦涩。

我们就在这困难、勉强、无奈和苦涩中分别了。

刚转身。我真想请你……那个想法又在我的心里来回跑，这想法，至今你也不知道。你问我有没有时间，莫非你……

回头寻你，却寻不上，你已被淹没在匆匆忙忙的人海中。

真想请你停下来，我们一起吃顿饭。

——下次吧，只有等下次。

下次是何年何日？

直抵心灵的温润

坐同学的车，去参加一个聚会，从东到西，人忙路不畅。当车行到锦里西路与琴台路口的时候，我们正要通过，红灯却亮了。

斑马线上的人密密麻麻。一位老人从街边走来，颤颤巍巍，在匆忙的人流中，步履蹒跚，眼看红绿灯即将转换，可老人此时才走到街中间，有的车辆已开始启动。我正为老人着急的时候，同学已下车，正走向街中的老人。他搀着老人的胳膊，在人行道上小心翼翼地陪老人过街。尤其是当车辆通行，他们在车流中走走停停的时候，真为我的同学和那位老人捏着一把汗。

　　同学返回到车上，我们的车再次启动，我笑着对他说，不错，不错，你小子真不错。

　　如果是平常，看电视或者是听别人讲一个护老人过街的故事，那也就一件好事，一个好人，听了也就听了，跟我们有多大的关系呢？可今天，身边这位同学，突然跳下车，不声不响干着他该干的一切，而这一切就在你眼前，就在你身边，让你亲眼看见，让你亲身感受，那感动就不一样了。

"看见了就做呗。"同学淡淡地说。我说，你把车停在那里，跑去护老人过街，如果交警来罚你的款，收你的驾照，你怎么办？

同学笑笑说，这事真还没想过。如果在被交警罚款和护送老人过街中选择，就像刚才这样的情况，下次如果再遇上，也许我还是会选择后者。

同学的话，比他刚才的举动更触动我，让我生出了几分感动。后来，聚会结束了，我又坐上同学的车。在返回途中，遇上的另一件小事，使我回家后坐在书房，将此事写成了这篇短文。

车沿一环路行驶，这段路刚整修过，中间的隔离带是一米多宽的草坪，草长势很好，像绿色的草垫。行驶中，同学突然将车往右边靠，慢慢地停在了路边。

同学在后排座拿了个塑料袋，躲闪着驶过的车辆，往中间的隔离带走去。

那个塑料袋是我们聚会的时候，找餐厅服务生要的，里面装的是一根骨头，那骨头是同学带回去给他家小狗的。说起他家小狗，就像说他家人一样，那亲热劲使人无语。本来聚会的一群老友还要好好叙旧一番，就因为小狗在家饿肚子，没人照顾，他硬拽着我陪他回去。他拿着装有骨头的塑料袋下车，走向绿化带，他干吗呢？我好奇地也下了车。

绿化带中躺着一条狗，那狗比同学家的狗大，我认得他家小狗。绕着狗，同学左看右看，然后取出塑料袋中的骨头，轻轻地放在草上。他没有马上离开，看着狗开始啃骨头才往回走，走了一半，又返回去，把狗抱过来，放在他车的后排座上。我问他，什么狗啊，那么舍不得。同学发动车，没回答我，只是开车。原来那条狗受伤了，躺在绿化带上，它伤的是后腿。同学开着车，绕道将这只狗送到了宠物救助站。

送我回去的路上，我说，你把骨头给了那只流浪狗，你家小狗今天没美餐了。同学说，骨头本来就是它们吃的，我家小狗可以吃，流浪狗也可以吃，而且它更需要吃。同学的话，又让我一颤，话中那些还没表达出来的东西，比如用一双善意的眼睛看待身边的事物，以一颗温润的心去对待身边一切生命，等等，瞬间向我漫来，并直抵我心灵的深处。

爱身边的人，是爱。爱不相识的老人，更是

爱。爱自家小狗，是爱。爱受伤的一条流浪狗，更是大爱。我自言自语这么说。

同学说，哈哈，没什么大爱，只是看到了，就做，不做心里难受，人生一世总得做点自己想做的事，该做的事，做点有时回想起来还能感动自己的事吧。

人一生总得做点感动自己的事，这句温润的话，让我细细地琢磨了许久。

菜花都到哪里去了

年年菜花开，菜花年年赏。

　　每年春节后，各地的菜花都陆续绽放，赏花的人不论住在城市还是乡镇，都走向田间地头，"看菜花去"成了这一季节里人们说得最多的口头语之一。然而，随着花儿从起初的零星开放，到繁花盛开之后，菜花就陆续凋谢，转而由满地黄花，渐渐变成漫山遍野的一片灰绿。作为一个在农村长大的人来说，对菜花的爱意，是城里人难以想象的。

　　这个春季因频繁出差，没能好好赏成菜花，多少有些遗憾。周末的下午，带上一本没看完的书，驾车，顺南延线往华阳开去，路过天府四街，在郊外的一片油菜地边停下。油菜地的边沿是一条小河沟，中间是一块宽敞的空地。我来到这里时，已有人在空地上放起了风筝。

"菜花都去哪里了呢？"一个小女孩在油菜地里问远处的妈妈。

小女孩的妈妈和年轻的爸爸还有更年长的人在放风筝。一看应该是祖孙三代在踏青度周末。不知是大人们没听见小女孩的问话，还是听见了没回答，总之没人及时理会小女孩。

油菜已长到开始结菜籽角了，菜花自然是早已开过了，油菜地里怎么还会有花呢。

"菜花都去哪里了呢？"小女孩自言自语，"上次来，都还有那么多花花呢。"显然这一家在花期正好的时候，来过这里，看过满地的油菜花。在小女孩想来，这片天地就应该是花儿满地，四季盛开。

妈妈说："花儿都开过了。"

爸爸说："花儿都蔫了。"

还有人说："唉，花都谢完了。"

　　大人们的回答，小女孩是不会明白的，她怎么能相信曾是金黄色的一片菜花会变戏法似的就没有了呢？小女孩一直在油菜地里，用小手在菜叶间翻找遗失的菜花。

　　小女孩的举动，让我想起了童年在乡下油菜地里和小伙伴跑来跑去，在油菜成熟的时候躲在藤下藏猫猫的情景。

　　"找到了，找到了，妈妈，我知道花花去哪里了。"小女孩惊喜地说。

　　因我靠她已近了，就问她："你找到什么了，小朋友？"

　　"花花，我找到菜花花了。"小女孩的手里捧着一个嫩绿的菜籽角，她将嫩角角拨开，里面是几颗菜籽，整整齐齐排开，嫩嫩的，像小小的水滴。我正纳闷，里面的菜籽怎么会是油菜花呢？小女孩的话却让我大为惊奇，感动不已——

　　"花花在这里，油菜花花变成小宝宝了，它们一排排躺在这里睡觉呢。"

　　哇，太有想象力，太诗意了。在小女孩的世界里，菜花没有凋谢，而是变成了一个个躺在菜籽角里睡觉觉的小宝宝。

从小在油菜地里长大的我，没想到小女孩会说出这么一句话来。

"菜花都去哪里了？"大人有大人的回答，大人的回答里有大人的常理和习惯；小女孩有小女孩的回答，小女孩的回答里有小女孩的单纯和天真。

今年虽没能赏到菜花，但是在那片灰绿色的油菜地里，我看到了最美最芬芳的花儿，听到了关于油菜花最天籁最自然的诗句。

眼眸的本真与澄澈

人群中，人来人往，有时，总会有一双眼睛，如青草地上的小花朵，吸引着你的注意。在那一瞬间，你会在那眼睛里读到诸如纯洁、干净、澄明般的字眼，一种羡慕、向往的心绪油然而生。

我就曾遇见过这样的眼睛，那是一个日本人的眼睛，这人名叫小泽征尔。那双眼睛一下就打动了我，甚至可以说是征服了我。直到现在我都认为，那是一双可以打动整个世界的眼睛。

对于音乐，我是个门外汉，也可以说是个乐盲，但每年的维也纳新年音乐会总想在第一时间收看。在我的印象里，能站上新年音乐会指挥席的音乐家已固定为如卡拉扬、伯恩斯坦这样的西方人，可是那一年，一个黑头发、黄皮肤的亚洲人站上了金色大厅的指挥席。当他转身向观众席行礼的时候，他的眼睛一下就摄住了我的心——在那张微笑着的善意的脸上，那双并不很大的眼睛，随着他目光对全场的移视，让人瞬间读到诸如温暖、柔和、清澈、纯真等字眼。那年的小泽征尔，论其年龄，已是名副其实的老人了，可他那双眼睛告诉全世界，他纯净得就如一个童心未泯的大男孩。

因为那双眼睛，我喜欢上了小泽征尔，喜欢上了小泽征尔的音乐，喜欢上了与他有关的文字。当他在中国第一次听见阿炳的《二泉映月》时，他被阿炳的音乐、阿炳的身世感动得热泪盈眶，他说："这样的音乐是要让人跪着听的。"原来，小泽征尔之所以有那么一双孩童般清纯的眼睛，是因为他有一颗清纯、干净的孩童般的心灵。是因为他对于世间的疾苦、人生的凄凉，总是那么敏感，眼里总是那样含着善良、悲悯的泪光。

因新闻职业的关系，常值班，午夜回家，已是常态。那是一个冬日的午夜，从单位出来，天落着冷冷的细雨，我边开车边听广播往家走。广播里是一个低沉的女中音正在朗读一首诗。这是一个残疾儿子写给已故父亲的诗。父亲到了另一个世界，他问："爸爸，天堂的路还远吗？"爸爸走了，留下他残疾的儿子，留下他盲眼的妻子。

在诗中，残疾儿子说：

爸爸呀，盼你回来的祈愿

只能够夜夜在梦里与你相见

而醒来，无尽的黑暗

就仿佛是我和妈妈的未来

儿子反复地问父亲在那边还好吗？反复地告诉那边的父亲，"来生，我是不是还能牵着你的手，在红尘中续写一分父爱的伟岸？"也许是女中音的朗诵极富感染力，诗中的情感，诗中的凄美，透过湿湿的冬雨扑面而来，直沁人的心骨。我将车停在桥边，打开车窗，任夜雨飘进来，任心安静地去触及诗中的愁绪和忧伤。

爸爸呀，我的泪水

可打湿了你泉下有知的灵魂

107

那是我朝思暮想的家园

诗人名叫杨嘉利，他因小儿麻痹症没上过一天学，没在任何单位做过一天正式员工，尽管他很想。他靠写文字换来基本的生活费。也许是我熟悉他的境遇，也许是我在很小的时候也早早地失去了父亲，于是，诗中对父亲的依赖和怀念就更容易拨动我的心弦。不知不觉中，我的泪水已挂在脸上。

这样的冬夜，还能被一首诗感动，被一首诗温暖，我感激诗，感激诗人，当然，也感激我自己，坡坡坎坎，涉水爬山，一路走来，世间的尘垢竟然还没挡住我的泪腺，没有完全浑浊我的双眼。

岁月可以改变人，但一个人的眼睛是可以不随岁月而改变的。俗话说，相由心生，眼随心净。如果一个人随着岁月的改变，忘记了还能流泪，那对他来说应该是一件多么遗憾的事。而拥有一双明亮纯美的眼睛，又是一件多么美好的事。

岁月易逝，本真存眼里。

禅就是地上的那个包

深夜，一位作家约吃夜宵，找了个火锅店，在九眼桥头，店不大，堂客也不多，只零星几桌。入店去，作家已先到，还没和作家打招呼，就先找店老板——因手机没电，快关机了，遂找店老板询问充电的插座。老板举起手，高高指着墙壁说，在那里。我顺他手指的方向看去，原来电源板安装在比人还高的墙壁上。我踮起脚，也够不着插座。作家说算了算了，先来烫火锅。

作家出了新书，是一本关于禅修的册子，希望我能为这本书写篇短文。既然不好推脱，就和作家聊关于禅的学问。可手机没电总让我心有旁骛，因我要等儿子的长途电话。

于是再细细侦看墙壁上的插座，目测插座与地面的高度，估算如果我要完成给手机充电这件事，对邻桌客人的影响会有多大——墙壁上的插座，正好位于我们这桌和邻桌之间。

邻桌的客人，是一男一女，男的是个老外，正面对我们，女的背对我，从背影和头发来看，她可能是华人，究竟哪里的华人则无法估计。那老外一直在注意着我，不论是我目测墙壁的时候，还是在打量他们的时候。

店老板说，没有凳子可供我踩在上面去插电充手机。好在这火锅店是"土灶老火锅"，使用的是宽宽的长板凳，我就移动我坐的凳子。将长板凳稍作移动，就靠近了墙，站在板凳上就将手机的接线插进了墙壁上的插座里，手机显示正在充电。可我站在凳子上没法下来，因为接线太短，手机没办法放在什么地方，只能捏在我手里。总不能长久地站在板凳上拿着手机充电，于是手机就只有悬空吊在那里。尽管担心手机掉下来，也没更好的办法，就算真的要掉下来摔烂，也只有这样听机由命了。

邻桌那一男一女，一直注意着我的一举一动，尤其是那老外，在我靠近他们的时候，老外还用目光示意女士注意她板凳上的包。女士的包就放在她的凳子上——女士的凳子和我的凳子处于平行状态，两个凳子的一头都靠近充电的墙壁——她的包很奢侈，那包我认得，买那样的一个包，人民币需要以万计算。女士侧身看了看包，并把手放在了包的上面。

她把手放在包上，这举动小气，让我不再瞧他们，继续和作家聊天。当聊得正欢的时候，我的余光又去扫我的手机，同时也扫了一下凳子上的包和护包的那双手。可手没放在包上，因为包也不在凳子上了，包去哪里了呢？难道邻桌真的担心包的安全，把原来随意放在凳子上的包重新换地方放了？

好奇心使我搜寻起女士的包来。原来包并没有放到男士那边去，也没有远离我们，而是被放在了地上。包怎么会在地上，那么奢侈的包放在地上干什么？这地可是街边一个很普通的火锅店的地。

我坐的长凳子一头靠着墙壁，邻桌女士坐的长凳子一头也靠着墙壁，两凳子靠墙那头之间有一块空隙，女士的包就放在那空隙之间。空隙的上面是充电的插线板，就是我悬空的手机垂直下来的位置，也就是说，我担心手机一旦掉下来摔烂，就是掉在那块空隙地上被摔烂，而现在那块空隙地上放着那女士的包。

难道是担心我的手机掉下来，那女士才将她奢侈的包从凳子上放在了地上？难道那老外用目光示意本来在凳子上的包，不是担心包的安全，而是在示意女士可以将她的包作手机一旦掉下来的软垫？

我将这些疑问告诉对面烫火锅的作家，作家惊讶地看看地上的包，看看悬在空中的手机，再看看隔壁那两位邻桌，作家肯定地点头称是。作家说，没有其他可能了。

店老板过来为邻桌服务的时候，邻桌女士侧身和店老板说话，她说的是中文，中文说得吞吞吐吐，半生不熟。原来，女士是香港人，出生在香港，长在美国，和她的男友第一次来成都。由于语言沟通不太方便，直到他们买单离去，我也没郑重地为地上的那个包向他们说声谢谢。我心里很明白，他们对身边的事，看到了，就去做了，目的不是要得到回报，哪怕是一声"谢谢"。可随着时间的流逝，我却常常想起那个夜晚，想起那个让心灵温暖的火锅店。正如作家所说，他写书，在书中去寻找禅，其实禅就在身边，禅就是火锅店地上的那个包。

在精神的圣殿里品诗

　　走进《岷峨诗稿》三十年座谈会的会场，一种诗意的氛围笼罩而来，这氛围使会场变成了圣殿——诗歌的圣殿，精神的圣殿。这么说，首先是因为这个会场与对岸的杜甫草堂隔河相望，而大门外的锦江河水，经过九眼桥后，又在苏东坡的老屋前缓缓流过，先贤们的诗风诗骨，在锦江两岸，从不曾远去；其次是，历经三十年锻造出的"岷峨"风骨，吸引着来自全国各地的诗家聚集，不仅是今天的会场，就是整个成都，都成了诗歌和精神的圣殿。

　　会议安排我发言，因时间关系就不多说了。

在这个圣殿里，现在我和大家分享一首诗，一首"岷峨"作者的诗："层峦叠翠雾萦峰，洞府丛林道不同。要识匡庐真面目，还须出入此山中。"怎么样？听了这首诗，诗的平仄、音韵，大家是否有一种熟悉感？是的，似曾相识。但熟悉的原因是因为下面这首诗："横看成岭侧成峰，远近高低各不同。不识庐山真面目，只缘身在此山中。"这首诗是四川老乡苏东坡写庐山的《题西林壁》。历史上，写庐山的诗不少，早苏东坡三百年前，也有一位四川老乡写过一首，这首诗，就是李白的《望庐山瀑布》。尤其是其后面的"飞流直下三千尺，疑是银河落九天"这两句，只要有华人的地方，只要有说汉语的地方，几乎是家喻户晓，无人不知。据说苏东坡在上庐山前，是不打算提笔的，他知道山巅上站了一个李白，在那里站了几百年，没有人能撼动。甚至，他连写诗的胆也不曾有。但他后来写了，他避开"银河"，避开"九天"，不从"飞流三千尺"的气势上入手，而是从思想，从哲理的角度，照样写出了千古绝唱。

下面，我们再回到前面说的那位"岷峨"作

者写的诗。一个当代人，在李白、苏东坡都写出了千古名篇之后，面对庐山，他将以怎样的领悟，怎样的思想，穿越千年，去与古人相对，与先贤唱和呢？下面，我们就来品咂今人写的一首《庐山》，以及苏东坡的《题西林壁》。

首先，这两首诗都属七绝，用的都是同一个"ong"韵，不仅韵相同，而且两首诗每一句的最后一个字也完全相同，这无疑增加了"和诗"的难度。两首诗的前两句，都是在外观庐山，都是在为后两句做铺垫，即"起承"之后的"转合"。苏东坡说"不识庐山真面目，只缘身在此山中"。在此，苏东坡强调的是认识事物的局限在于人限于事物的内，限于事物的里，"只缘身在此山中"，他肯定的是"出"。意指：当局者迷，旁观者清。而"岷峨"这位作者是"要识匡庐真面目，还需出入此山中"。在出的后面多了一个"入"字，在不否定苏东坡"出"的同时，强调的是认识事物的真相在于"出入"二字的结合，既要能"出"，又要能"入"，即入里，入内，作"当局者"。只有辩证地将出与入相结合，远与近相结合，里与外相结合，客观与主观相结合，才能全面准确地认清事物的真相。

读书写作，我们提倡今人学古人，后人学前人，怎么个学法呢？这位"岷峨"作者关于庐山的这首和诗就很不错。面对先贤，他用辩证看待事物的方法，在苏东坡诗的基础上，将《庐山》这首诗写出了新的思想，是一首难得的哲理好诗。这位作者就是经常在《岷峨诗稿》上发表作品的学者陶武先。

《岷峨诗稿》30年座谈会发言稿

人，有时候不必太清楚，什么都清楚了，什么都明白了，日子就少了些期待，少了些惊异，少了些无边无际的朦胧和向往。

第三辑 ／ 站 立 的 风 景

好书即是好友

人的优雅和高贵，不是用物质堆出来的，而在于气质。气质来自教养，教养来自不倦的阅读。阅读是一种信仰，是一种修行，是人生路上门槛最低的高贵之举！

全民阅读日即将到来，报社新媒体部的同事说，他们正在策划一期关于阅读的话题，希望由我给读者推荐10本书。一说跟书有关的事，不假思索就点头了。可到了读书日临近时，才觉得，推荐书，并不是一件轻松的事。

书，古今中外，瀚如烟海。既然是全民阅读日，推荐书的对象理应是全民，如此大的范围，推荐什么书呢？何况不同的人，因各自的经历、生活、职业、爱好不同，对书的范围和种类的要求也不尽相同。单从书的种类来看，首先分社会科学和自然科学两大类。仅从社会科学来说，又分哲学、宗教、法律、文学、艺术等，如果我们把每一个学科继续往下分，就会像人的血液循环系统一样，可细分到每一处的毛细血管。对此，我怎敢轻推妄荐。

何况，每一个人对一本书价值的判断和认同都有差异，这个差异有时还很大，大到其价值可以完全相反。这种价值认同的差异，其实，与一个人的学识、智慧和眼力有时又没直接的关系。据说托尔斯泰就非常不认可莎士比亚，这既不影响莎士比亚的伟大，也没有人说托尔斯泰少了学识和鉴赏力。做事总想完美的我，在推荐书的事上，又平添了几分不小的压力。

推荐压力着实不小，在深夜的书房，我连续两天晚上，各写了五本书的推荐词。在写的过程中，我发现，手里每捧一本书，好像我又重温了一次当年读这些书时的情景和书给我的感动。

由于只推荐十本书，在选择的过程中免不了难以抉择。有些书让我非常难舍，比如张承志的

《心灵史》，海明威的《老人与海》，雨果的《悲惨世界》，罗丹的《罗丹论艺术》，傅雷翻译的罗曼·罗兰所著的《约翰·克里斯朵夫》，等等。这些书是我人生中的朋友和老师，它们默默地陪伴在我身边，温暖了我许多年。

因阅读的习惯，我的阅读重心主要集中在诗歌、小说、散文、美术、音乐这样的文艺类书籍上。作为一张财经类报纸的总编辑，这显然是眼界有限，涉猎不够宽广，也造成了此次推荐的书里缺少了财经和经营管理方面的书。

其实，在筛选书目的时候，我是考虑到这一点的。本打算将原美国通用公司的首席执行官杰克·韦尔奇写的自传《杰克·韦尔奇》和被誉为经营之圣的日本稻盛和夫写的《活法》推荐给读者，但最后我还是把这些书放弃了。与已推荐的这些书相比，经济和经营管理的这些书，过多地含有技术性、技巧性，尽管这些书里的人和书里的事本身也不乏了不起的甚至是称得上伟大的地方，比如稻盛和夫"敬天爱人"的社训和"无私"的经营信念，可谓已到了宗教般的境界和情怀。可我还是只得忍痛割爱。我坚信，甚至是有点偏激地认为：在人类的进化、演变和发展的漫长岁月中，唯有如诗歌、音乐、美术等一切具有人文情怀的事物，才是温暖人类心灵的火炬和安顿心灵的土壤。表面上看，这些书籍不是物质，不能生产粮食、空气和水，但实质上，这些不能直接产生物质和价值的东西，正是人心灵和精神的粮食、空气和水。我推荐的这些书所代表的门类，是供给人心灵和精神的养料，是一个人，乃至一个民族精气神的原动力。

《黑骏马》 张承志

荐书语：如果说这一生有多少幸运的事，其中之一就是在我19岁的时候读到了张承志的《黑骏马》。那个时期，"伤痕"和"寻根"，是文学书写的重点。但当张承志和他的《黑骏马》一出现，如一粒石子，丢进池塘，当时我就坚信，眼前走红的大多数作品和作家，都将被这块石子击起的波浪，浪到边沿去。而《黑骏马》随着时光的演变，必将成为中国文学史上的一颗"文学珍珠"。它虽没有如《百年孤独》那样教读者怎样去模仿写小说，但张承志笔下的骏马、额吉、蒙古包、马头琴，还有一代又一代流传广远的蒙古长调，却会让读者强筋、壮骨，学会怎样去做一个行走在大地上的人。

《梵高传》　欧文·斯通

荐书语：在还没有女朋友的时候，有一本书常年放在枕边，那就是欧文·斯通的《梵高传》。现在很多人都知道梵高的油画是世界上价值最高的艺术品之一，其实，梵高生命的价值，比他留下的所有艺术价值的总和还要高。梵高在穷困和孤独中对艺术的独见、追求，以及他独特的生活方式，影响着人类一代又一代艺术跋涉者。想着他，就不会感到孤独，有梵高做伴，就如望着星空前行。当梵高在他三十七岁那年的盛夏，用左轮手枪压在自己的腹部，扣动了扳机，梵高倒下了，他的脸埋在田野上肥沃而散发着刺鼻气味的泥土之中。梵高回家了，回到了大地母亲的怀抱中。梵高的生命比他的艺术更加艺术一百倍。

《自由诗篇》　林贤治

荐书语：水和粮食，是人的生命所必需的。诗歌，对人的心灵和精神来说，同样是粮食和水。不敢想象，一个从来不阅读诗歌的人，他的人生将有多么大的遗憾。由林贤治选编的这本《自由诗篇》，以一个全新的角度，即从人类对自由的向往出发，严苛地从三十多年的中国新诗作品中挑选出来的，几乎囊括了包括艾青、北岛、周伦佑、欧阳江河在内的当代所有杰出诗人。这样的诗，是有生命和灵性的，诗的触须，会伸向你身体最深最细微的地方，当你一翻开扉页，心就会返回到纯真的童年，感受到大地母亲的温暖。人跟树木一样，在风中站立不易，是诗使你正直。诗里有血，点得着火。诗里有坚硬的东西，所以勇士和流人常在夜里与诗为伴。

《爱默生随笔》 爱默生

荐书语：中国有个孔子，影响了中国，也影响了世界。美国有个爱默生，影响了美国，也影响了世界。中国人说，一部《论语》治天下；美国人说，当总统，先读爱默生的随笔。阅读习惯使然，我不太偏爱思想性、哲理性文字，但爱默生例外。他的哲理浅显易懂，形象生动，语言洗练，犹如密西西比河一发不可收的滚滚清流，形成了影响深远的"爱默生式风格"。因此有人评价说，爱默生是美国的孔子，他也似乎只写"格言和警句"。时光更替，岁月不但没有为他的思想蒙上灰尘，而且将其映呈得更加光彩照世，他流水般的行文，至今仍使人感到清新爽朗和深邃。

《静静的顿河》　肖洛霍夫

荐书语：感谢那些无助的青春岁月，让我有一大把时间与书为伴。四大卷《静静的顿河》就是那时坐在锦江河边的茶铺里读完的，不仅排走了青春的孤独和苦闷，而且让我不是从生活，而是从艺术，从审美的角度去欣赏河流和草原，欣赏老人和孩子，欣赏劳动和耕种，欣赏羊群和马蹄，欣赏马背上举着战刀的男人和血与火的战斗中盛开的爱情之花。读这样史诗般的长卷，是跋涉，是一种修行。书中的文字、人物、形象，在读者的心里，种下对人性，对生命，对自然的崇高敬意。"向着大地深深地鞠躬，像儿子亲吻父亲那样地亲吻着这用鲜血浇灌的完整美好的顿河哥萨克大草原。"苏联作家肖洛霍夫凭借二十多岁的青春和激情，开始创作《静静的顿河》，这部不朽的作品，于一九六五年，射进了诺贝尔文学奖的大门。

《与风景对话》 东山魁夷

荐书语：人生来是孤独的，需要朋友，但人海沉浮，患得患失，高山流水已成绝响。如果与风景为友，与风景对话，人生自然成了风景。日本的东山魁夷，本是风景画家，而他自己却成了后人欣赏的一道风景。《与风景对话》，是画家用色彩、线条和构图无法表达而改用文字奏出的音乐诗。他把旅行当成艺术，当作人生的常态，把孤独与忧愁埋藏在心底，并时常咀嚼、品尝，甚至欣赏，把流转无常视作人的命运。他抱着肯定万物的意志，对自然充满孩童般的好奇和新鲜感，并生活在谦逊与诚实的爱意中。这是一本优美的书，也是一幅优美的风景画。走进去，用你那颗赤诚的心。

《护生画集》 丰子恺

荐书语：这是一本漫画集。里面的画，随便

一幅，都会让你注视良久。这漫画，不会让你哭，也不会让你笑，只会养你的心，养你的性。画画的是学生丰子恺，配文的是老师李叔同，即日后的弘一法师。学生先画了五十幅，收集成册，本意是作为老师五十大寿贺礼，老师却和学生有了约定，每十年出一辑。这一约定，就让学生坚持画了四十多年。弘一法师圆寂后，学生丰子恺就请另外的人书写题字。师生二人的原意，是以佛教的慈悲，呼吁世人对生灵存留一些同情，养成自己善良、博大、容忍和慈爱的心灵。初见，就被画中慈悲胸怀、爱护生灵所打动，并明白："护生"即"护心"。《护生画集》的创作和出版，已被传为佳话。其原稿，现收藏在浙江省博物馆。

《今生今世》 胡兰成

荐书语：大才女张爱玲为何对胡兰成爱个死去活来？读了胡兰成的《今生今世》，哇，原来如此！男人常拜倒在石榴裙下，而女子多为英雄所征服。胡兰成当了汉奸，怎算英雄？可在才华无双的柔女子眼里，汉奸归汉奸，英雄照样是英雄。关公玩青龙偃月，张飞耍丈八蛇矛，而胡兰成射出的是仓颉密码，字字软女子的心，句句俘爱玲的魂。他的才华盖世，把一茬一茬的张爱玲们俘虏个赤身裸体，干干净净。正如胡兰成自己所言："《今生今世》一书，不堪入有学问者之目，惟众人之无学问而但识字者读之偶有喜爱，这就可以了。虽然，此书终将不朽。"这段话，是何等的自信，何等的气概，这气概又是何等的盖世！

《泰戈尔的诗》 泰戈尔

荐书语：你可以不到印度去，但你有必要了解印度的泰戈尔。作为亚洲第一个获得诺贝尔文学奖的诗人，泰戈尔是"歌颂青春和清晨的"。只要你向往青春，只要你期待清晨，任何时候，打开泰戈尔的书，不管翻阅到哪里，你都会安静下来，而且瞬间进入状态，清新的状态——青春的状态，泰戈尔的状态。泰戈尔把诗当成礼物奉献给了神，而他本人就是神的求婚者。《泰戈尔的诗》封面上的画，是著名画家徐悲鸿先生所作。那长满大胡子的、和善得像圣父一样的泰戈尔永远是后世崇拜的偶像。

《第二次世界大战回忆录》　丘吉尔

荐书语：崇拜英雄，是人生命里的一种基因。在人类的历史长河中，可以排列出很多伟大的英雄人物，其中英国的丘吉尔就是我所喜欢的一位英雄。像第二次世界大战这样的战争，在人类历史上不可能再有了。几千辆坦克，数千架飞机，上百万大军，同时出现在陆地、海洋和天空。作为整个战争的亲历者和主要人物，丘吉尔参与和决策了几乎所有大的战役和战后世界的划分。他的预见、果敢、勇气、智慧、情义、幽默，甚至男孩般的顽皮，令见过他的男人、女人、老人，孩子，甚至政治对手都不得不喜欢。"他是人类一百年才会诞生的一位大人物。"他的盟友兼对手斯大林说。美国总统罗斯福向夫人介绍说："丘吉尔是大英帝国忠实的男孩，和他谈着严肃的政治问题时，说到英国的利益，有时他会哇哇大哭。丘吉尔是狮群里最伟岸的雄狮，是英雄中的英雄。"他所撰写的回忆录于一九五三年获得诺贝尔文学奖。

一辈子『左』到底

也许我的嗓子天生是"很音乐"的，可现在不那么"音乐"了。按儿子的话说，爸爸你什么都好，就是不能唱歌，一唱，所有的人都要跟着你往左边跑。儿子是吹小号的。

想起这件事，就恨我的姐夫。

在老家的山沟里，姐夫是我的小学老师。本来他不是，可我们漂亮的女老师张然回县城结婚后，就不再管她班上的三十几个学生了。同学们喜欢女老师张然，是因为她的琴拉得好，歌唱得好。她站在讲台上，一边拉手风琴，一边教我们唱"北风那个吹，雪花那个飘……"不到一节课，我们就会了，歌声从教室里溜出来，跑遍了整个山沟。田地里劳动的大人们，山坡上吃草的牛们，都会被吸引，呆呆地站在那里听歌声、琴声。女老师张然进县城，说是要回来的，我们等了几个星期也没回来。村支书说，这些娃娃没人管，迟早会闹翻天。于是就从山那边的学校请来一位男老师。男老师还没有成家，他到我家去做家访时，就把我姐给访上了。这是另话。

其实，姐夫教我们语文、算术、劳动、体育，已经够多的了，问题是他还教我们音乐。当时学校老师很少，音乐课就全校几个班一起上。姐夫在前面领"我们是共产主义……"同学们就在后面跟着"我们是共产主义……"可到了第二句"接班人"的"接"字上，姐夫就找不到调了。他在高处试了几下，没试着调，又在低处试了几下，还是没试着调。看着他脖子上的青筋，下面的同学们也涨红了脸，有的在议论，有的在笑。慌乱中，姐夫干脆像拔萝卜似的把"接班人"拔出来，只是用力过猛，唱得翻过了山，歌声反倒像被摔下崖去。同学们却不愿跳崖，把自己的声音稳定在那里不动，姐夫见没声音跟他去，就吼：唱，就这样，快唱！面对姐夫的高压，先是女同学，后是男同学，先先后后地就全跟上去了，一次，两次，渐渐地，"接班人"就被姐夫带到另外一条路上去了。

没想到，后来参军到了成都，用好多年的时间改也改不过来。

第一次失恋就因为唱歌。当时我还在穿军装，是别人介绍的，从见面到说话再到拉手，一路顺畅，可后来她要去唱歌，我就和她走进了一家歌厅。她歌唱得很好，可我忘了我的音乐是在那样一个环境里由姐夫教出来的。她要我和她合唱，具体唱的什么歌，早忘了，总之，当我一唱，就好像她的声音在被我的声音拉着往一边跑，拉来拉去，几个回合，军人的声音自然压了她的声音。当我坚定不移地把歌唱完，才发现是我一个人在唱，她站一边，拿着话筒，像不认识我似的，只记得她说了一句话，好像是说完全是一个五音不全什么的，反正我也没听清，从此，我们就再没见过面。

好在后来的女友现在的儿子他妈不太在意我音乐方面的缺陷，她对我说，二声部你懂不懂？二声部是音乐中不能缺少的，你是天生的二声部，大合唱时还得专门找这方面的人才。我就把这话当真。

　　记得儿子出生的时候，我最怕的就是把我这"左"的缺陷传给下一代。还好，儿子在这方面像了他母亲。

　　可随儿子的长大，随着他对音乐的愈来愈喜

好，我的左的缺陷在家里就愈来愈明显，在老婆小提琴声和儿子小号声的纯正音乐中，我在家的地盘是愈来愈小，我心中捕捉到体会到的音乐无法从嗓门吼出来的痛苦就愈来愈深。

为了与儿子产生共鸣，达到音乐上的和谐，我常常小心翼翼地跟在号声和弦声的后面趔趔趄趄往前走。我就不信，对音乐一无所知的儿子都可以学好，天天和文字打交道的我跟着学还会走调？有时，在儿子小号声后面跟得正紧，号音突然戛然而止，我一头好像撞到音乐的墙上，被儿子逮个正着，"爸爸，你别出声好不好！"我说我没出声，儿子说你只要往这儿一站，我就要跟着你往左边跑。

在外面不敢唱，家里不能学，我就买了个随身听，里面全装巴赫、海顿、莫扎特，总之，全是搞不懂的外国人。一有空，我就躲到厕所里去慢慢听。对我这样的人来说，厕所真是一个听音乐的好地方，你可以边听边用手或脚打拍子，可以什么都想什么都不想，也可以边听边哼边唱，你跟在那些音乐伟人的后面，左一下，右一下，前一下，后一下，哪怕你唱得坑坑坎坎，他们也不计较什么，大度得那么平和，放纵你的错。可就这厕所里的享受，也没多久。在和儿子争厕所的时候，他发现了，他对他妈说，爸爸在厕所里把小夜曲唱得像军歌似的。

有一天早晨送儿子上学，到了学校还没开门，儿子和我就在车上聊天。他问我为什么那么喜欢音乐，我说喜欢音乐的人变不坏；他说那小时候为什么不学五线谱，我说连简谱也没人教。看他蛮有兴趣，我就跟他讲：女老师张然回县城后，在她县城的家里搜查出了外国的音乐，她和她新婚的丈夫都是音乐学院毕业的，他们被拉到大街上去游斗。女老师张然受不了那样的屈辱，趁人不注意的一个晚上就跳进了县城边上的那条梓江。这都是我后来到县城去读中学的时候才知道的。没了女老师张然教我们音乐，就来了我的姐夫，也就是儿子的姨父。全校不分年级大小，音乐课都在一起上，教室装不下那么多人，同学们就在后山上的那片树林前的空坝上围坐成一圈。姐夫站在中间，音乐课就开始了，他用手比画着打拍子，叫一起唱，大家就唱，有的同学不跟他唱，他就罚同学站起来一个人唱。

我们的文体委员是个女生，歌唱得好，她说老师你唱左了，姐夫说，左？左了就好，千万别右，右了就是右派。女文体委员还要说，姐夫就先说："天安门城楼上的歌，谁敢右？就这样跟我唱。"女文体委员就哭了，好多同学都流着眼泪往下唱：我爱北京天安门，天安门上太阳升，伟大领袖毛主席，指引……

儿子学校的大门打开了，他走下车，背着书包往前走，走了一段又返回车上，一双小手捧着我脸，在我额头上亲了一下：爸爸，我喜欢听你唱……

以你的姿态站直就是风景

一位常去西藏的朋友，从手机上发给我一张照片，我忘记了收到照片的前一秒钟在干什么，但当照片在屏幕上显现的那一瞬间，我像被电击中了般，"唰"地站了起来，站着欣赏拍自拉萨大昭寺前的这张照片。

就照片拍摄的水准，算是一般。但不管是谁，只要看上一眼，这照片就会让人一直珍藏在脑子里，刻骨铭心。

画面的构图简洁而粗犷，正中，是一个人，

一个彪悍的男人，在拉萨大昭寺前的广场上。男人单腿站立，那根直立的单腿，托着他健壮的身躯。他双手合十，举过头，默默地祈祷。一看这单腿直立的壮汉，就能猜到他应该是一个典型的康巴汉子。没有人知道他另一条腿是怎样失去的，也没有人知道失去那条腿时，他经历过怎样的疼痛，怎样的苦熬。更没有人知道他这一路磕了多少长头，翻了多少崇山峻岭，才朝拜到西藏，朝拜到拉萨，朝拜抵达大昭寺的广场。这张照片，就是他在单腿匍匐下去，再单腿站立起来的瞬间。大昭寺的广场，朝拜者熙来攘往，平日里，大多都注意佛，不太注意人。此刻，却因为有他，很多人都禁不住将目光向他投了过来，把脚步向他移了过来，轻轻地，默默地，注视着这位跋涉而来独脚而立的朝圣者。他的背上，背着一个背包，不知背包里为何物，也不知背包有多重，就如不知他是从甘肃来还是从四川来，朝拜了几百里还是几千里路程一样。人们只见他此刻独脚直立在高原，视一切于不见，目光坚定有力，投向远方。太阳从天空斜射过来，将他古铜色的皮肤镀上了一层金光，他轮廓分明的五官和单腿直立的身形，似雕塑，矗立在人群的中央，矗立在广场的中央。借助照片，我顺着他的目光望去，望他凝神仰望的远方。远方什么也没有，只有一片空阔的天际。

这张照片，使我想起了在西藏的另外一件事：

林芝的古树。

林芝，是西藏自治区所属的地级市，位于西藏的东南部，雅鲁藏布江中下游，被誉为西藏的"江南"。

林芝的古树，就位于其辖下米林县的南伊沟。这里是喜马拉雅山脉无数美丽沟谷之一，有着古老的历史传说，独特的珞巴风情，茂密的原始森林，俊秀的南依曲水，淡黄色的松萝，充满诱人的魅惑。这里是地球上"最高的绿色秘境"、神奇的"森林浴场"。也许，正是因这方神奇秘境的存在，才有了林芝这片神奇的古树。

去林芝看古树，是应朋友之邀。一进入南伊沟，在一个高坎的观景台远眺前方，沟谷两侧古树参天。这些已死去的参天古树，只剩下光秃秃的树干，成片地站立在这里，像一个古树的集体。不知它们曾经枝繁叶茂了多少年，也不知它们死去后，又在这里矗立了多少年。它们巨大的身躯，直冲云霄。我不是学自然科学的，更不懂植物学，不知道这些树的习性，不懂怎么透过古树的表皮，去看这些古树内里的年轮和质美，也不知道它们的神性何在。但，不论是百年桦树，还是千年云杉，这些活着时高大而挺拔，死后依然挺拔而高大的松科植物，一定有一种立而不倒、覆而不朽的内在大树精神。

在珞巴吊桥，当地一位80多岁的珞巴老人说，在他小时候，这些树就在这里，现在他老了，快要死去了，这些树还在这里。老人感叹，人还不如树呢，人死了，就没了，树死了，还站立着仍然不倒。

林芝的古树，活时，站立直直，死后，直直站立。

无论是林芝的千年古树，还是大昭寺前独脚站立的朝拜者，无论是人，还是树，无论是活着，还是死后，只要以你的姿态站直，就是一道风景。

兰香菊韵润素心

一缕清风，掠过窗台，带着兰的幽香，菊的淡雅，拂面而来，顿感满屋清新，一身凉爽。炎热躁动的时日，这清凉来自两首词，一首是写春兰，一首是写秋菊的，这两首词的作者是陶武先。

词，是文学皇冠上的明珠。对作者而言，必须掌握娴熟的文字技巧，用凝练的语言、绵密的章法、充沛的情感以及丰富的意象，高超精准地刻画自然社会和人类精神世界。因此，填词也跟传统古诗一样，被喻为"戴着脚镣手铐的舞蹈"。传统诗词源自民间，本质上是一种草根文学，有庞大的受众群体。在传统的中国诗词创作中，借春兰和秋菊言志者，高士辈出，如延绵群山，前不见首，后不瞻边。想跟随者或想逾越者，大多望其项背，自叹弗如。

而陶武先的"春兰"和"秋菊"又是怎样的神音雅韵、夏日清凉呢？

"婆娑弄影映南窗，风回几缕幽香"，陶武先写"春兰"时如此落笔。他没像同是射洪老乡的陈子昂"兰若生春夏，芊蔚何青青"那样从兰生长的季节入手，也没"犹抱琵琶"地慢慢道来，而是开宗明义直书春兰的形态。"婆娑弄影"，即春兰在月光里，窗台上，如素女般婀娜多姿，随风舞动。"映南窗"里的"映"容易使人想到这是夜晚，因月光而映。"风回几缕幽香"，春兰的幽香，是"几缕"，不是铺天盖地，而是淡淡的，在轻风中幽幽传来，如一曲春兰小夜曲，在空中回旋，使人安静、平和，气爽神清。

从春兰的形态和幽香切入，正契合了古人赏兰"看叶胜看花"的雅趣。古人认为，兰叶的姿态是评价兰花品种和观赏价值的重要标志之一。

"楚辞相识度炎凉，含笑伴春光。""春光"

指时间，是生命的起始。"伴"是生命的过程，
"含笑"更是生命的境界，是一种积极、豁达、乐
观的境界。"楚辞"意指屈原。相传屈原爱兰，终
身将兰佩于身侧，以示洁身自好，兰、人相互钦
慕，直至其投江而去。川人苏东坡曾留下"曾为水
仙佩，相识楚辞中"的千古名句。

陶武先笔下的春兰，不慕繁华世间，却喜萧瑟墙角。墙角虽孤苦，但能独守几分平静，独守几分本真。词人有感而发："不慕浮华尘市，钟情宁静萧墙。"

惜字如金，这是词创作的妙处之一。品词的妙处也在此，它需要读者去想象、去领悟和填补词中意犹未尽的那些空白。品着"春兰"，使人想起了一个遥远的与孔子有关的故事。一天，他行走在山野，一缕幽香突来，他循香迹而去。在一派野草中，一株"兰蕙"弥漫盛开，幽香淡淡迎面而来。望着草中的兰蕙，孔子如望见了自己，联想到自己的奔波、辛劳和自己的怀才不遇，顷刻间，他泪流绵绵，抚琴弹奏了一首传世绝音《幽兰操》，吟诵出"芝兰生于幽谷，不以无人而不芳，君子修道立德，不为穷困而改节"的千古绝唱。

孔夫子走了，苏东坡也走了，山道依然，物是人非。然而，在《春兰》这首词里，我们仍旧读到了历史深处的"素影"，嗅到了野草中的"余香"。

感物抒怀，托物言志。品读了春兰，我们再看下一首《秋菊》。

　　"淡蕊流黄，纷华叠浪，金风剪彩繁英放。"
这菊可不是"人比黄花瘦"的病态出场，而是伴着
萧瑟秋风而来，如楚楚动人、风姿绰约的美妇。接
着作者采用拟人手法，"吐滋饮露逗寒霜，芳菲秀
映云霞朗。"工笔般将其色、香、态细细描来，
让人有身临菊丛之感。古人赏菊，先需"定品"。
"定品"，就是给菊花评"级别"，定"等次"。
北宋刘蒙在《刘氏菊谱》中说，何为"定品"呢？
首先是正花色，其次辨香味，第三观其花态。哪种
颜色是菊中最好的色呢？刘蒙说"黄色第一"。陶
武先下笔就为秋菊"定品"的写法，与先贤赏菊品
菊如出一辙。

　　"陶令篱边"典自"采菊东篱下，悠然见南
山"；"易安袖上"典自"东篱把酒黄昏后，有暗
香盈袖"；"抱余香"典自"菊花如斗士，过时有
余香"。无论是陶渊明、李清照、陆游，还是前一
首"春兰"词中的屈原、苏东坡，作者都善于将前
人的名言佳句，熔铸得不露痕迹，自然妥帖，引经
据典如同己出。

　　"吐滋饮露逗寒霜"，"吐滋"二字即见菊英

繁盛。"吐"和"饮"二字将菊拟人化，给秋菊赋予了生命。一个"逗"字，用得巧妙，极具张力。"寒霜"本是大地间所有植物生命的天敌和命数，这里没有用"斗"字来映衬秋菊的生命力和傲然之气，偏偏将"逗"字巧妙地栽植在这里。"逗"字在汉字里是极其普通的一个字，我们先来看看"逗"字究竟是什么意思。逗乐儿：引人发笑。逗闷子：开玩笑。逗弄：作弄耍笑。逗趣儿：说话或行动有趣，使人发笑。逗引：用言语、行动逗弄对方借以取乐。明白了"逗"的意思，我们就好理解"吐滋饮露逗寒霜"的意思了：黄灿灿繁茂的秋菊，在严寒冰霜的大地，以晶莹剔透的清露为食，以乐观畅达的心境，面对霜寒，面对苍茫大地。这是何等的风采，何等的气魄，何等的笑傲天地。

无论托物言志，还是借景抒怀，文学艺术创作总有所指向，有所抵达。如"悲怆而泣下"的金华山人陈子昂，他的一首写"兰若"的诗所指向的是悲叹自己的年华流逝，理想破灭，寓意凄婉，寄慨遥深。那么《春兰》和《秋菊》这两首词是指向哪里、抵达哪里呢？也许两首词的结尾处会告诉我们一些什么。

　　《春兰》的结尾是："清妍何必抹浓妆，素雅自流芳"，这里有一个"清"字和一个"素"字；《秋菊》的结尾是："清魂素影离尘壤"，这里又有一个"清"字和一个"素"字。两首词的结尾都有"清"和"素"。于是，我们会想到，清：清白、清晰、清静、清澈、清纯、清凉、清丽、清淡；素：素雅、素净、素颜、素淡、素朴等。关于这些词就不做多余的解释了。

　　总之，从川中金华山一路走来的陶武先，在经历了60多年的风风雨雨后，将人生的了然和感悟外化寄托到春兰、秋菊上。并在春兰和秋菊里镜像自己，实现了"自我"与春兰、秋菊之间的映衬、对照和回归。回归到本真和最初，回归到"进则天下，退则田园"的悠然心襟，回归到"穷则独善其身，达则兼济天下"的生命境界。也许，正是"清""素"中的这种心襟和境界，如一股清凉穿过夏日，穿过忙碌和烦躁，来到我们身边，蹚过我们的生命。

文学是人生苦旅上的一抹朝阳

一

时间到了深秋，进入了清冷的季节。

然而，不论季节怎么变化，日子多么清冷，都无法改变围坐在一起的我们每个人心中洋溢着的无边热情和温爱。

这热情，是因为一个人，这温爱是因为一本书。

总之，是文学，是诗意的生命，让我们一起相聚。

二

初识袁瑞珍是在第八届冰心散文奖的颁奖会上。前几天，在东坡故里眉山，四川散文联谊会上，我们又见面了，渐渐地熟悉起来。此次座谈会前，阅读了她出版的散文集《穿越生命》。

在阅读这本书的过程中，如文学与生命，我们为什么喜欢文学，文学究竟能给我们带来什么之类的问题，又在脑子里出现。后来，袁瑞珍打电话说让我在会上发言，并提前告诉她要发言的题目。通话还没结束，"文学是人生苦旅上的一抹朝阳"这句话，一下就跳了出来。

为什么一下就跳出这个题目呢？首先是袁瑞珍和她的书，让我再次看到，一个文学爱好者几十年的坚守和那颗虔诚的文学之心，以及文学对普通人的生命的照耀。

胡适说，看一个国家的文明，只消考察三件事：

看他们怎样看待小孩子；看他们怎样看待女人；看他们怎样利用闲暇时间。如果这话没错，那么，看一个人，看一个家庭，也可以从这三件事去看。

袁瑞珍的《穿越生命》，是一篇非虚构性散文，讲述了她亲眼目睹只有7岁的外孙女璐璐从生病到离开人世的全过程。在这篇六万余字的散文里，面对生命，每个人心中生发出的善意、友爱和敬重，都让读者感受到了善的温柔和爱的暖意。这大概就是胡适说的文明。关于这篇文章，前面几位专家都进行了专业的分析和解读，估计后面的专家还会与大家分享，我就不多说了。我还是回到胡适说的第三件事上，看今天的主角袁瑞珍"怎样利用闲暇时间"。

下班回到家，夜深人静，"从书柜里取出一本藏书，进入文学的世界"，在那里"有缕缕阳光，抚慰我烦躁或孤寂的心灵，读书使我脸上的愁云随优美的文字而舒展，读书使我不羁的灵魂有了停靠的驿站，读书使我变得热情、开朗、坦荡又快乐，生活焕发炫目的光彩"。

一个人的品位如何，不是看他上班做什么，而是看他下班的时间在做什么。袁瑞珍下班，是在阅读，是在亲近文学。

让生命焕发出炫目的光彩。这就是她在阅读中得到的收获，在亲近文学中获得的价值。

三

说了袁瑞珍怎样利用闲暇时间，再来说说她的作品。

对于文学作品，每一个人，都有不同的标准。就袁瑞珍这本书来说，除了《穿越生命》这篇数万字的长文外，还有"幽幽心曲""山水行吟"两个部分的文章。在这些文章中，给我印象最深刻的是一篇写花的短文。关于花的文章，古今中外可谓浩如烟海，而袁瑞珍这篇只有600字，名叫《灿烂瞬间》的文章，却给了我不少启迪。

据说在非洲戈壁滩上，生长着一种名叫"依米花"的植物。它的花很漂亮，很娇艳，每朵花有四个花瓣，花瓣分红、白、黄、蓝四个颜色。戈壁滩缺水，而植物开花需要大量的水分，因此，这里的植物大多有庞大的根系用来采集水，以供植物对水分的需求。但是，依米花没有根系，只有一条主根，它就靠这唯一的主根，孤独地，蜿蜒盘曲着钻入地底深处，寻找有水的地方。

　　依米花的寿命大概是六年，但她前五年都在干燥、坚硬的地下寻找水源，一点点积聚养分。在集够开花所需的全部水分后，在第六年里，才在大地上开花，绽放出四色的花朵。花朵绽放后，却只有

两天花期。两天后，花朵开始凋零了，在耗尽了自己所有的养分后，花朵随母株一起香消玉殒。

用五年时间扎根，找水，储备水分，就为了给花朵提供养料，而花期只有两天，这是一个多么执着、艰难的过程。为了瞬间的盛开，为了瞬间的美丽，唯一的主根，在戈壁滩坚硬的地底下，苦苦地求生，顽强地求一次美丽的绽放。

写依米花的这篇短文，没有华丽的辞藻，没有诗意般的语感，只是简单地讲述，但读罢，就两个字：震撼！

花，是植物，长在野外，长在无水的戈壁滩。

人，是万物之灵，奔波在繁杂的世间。

花与人的共同之处，那就是：生命。

看到花，就想到了人，想到了人的生命。

从时间来看，人类在地球上生存的时间，有说700万年，也有说300万年的，不论是多少，这个数字，听起来都甚是浩渺。由此，一个人的生命与人类发展的历程相比，实在太短暂，短暂得连一瞬都说不上。

从空间来看，比如峨眉山，在10公里距离内都能看见，如果将数字放大到100倍，在1000公里外，就无法看见峨眉山了，假设继续放大下去，1000个1000倍。那么，地球在宇宙中会变成一粒看不见的微尘。

地球如此，宇宙如此。

依米花的生命，镜像人的生命。花与人同命。

袁瑞珍写出《灿烂瞬间》这样的作品，在我看来，已经很好了。每一个热爱文学的人，不一定都要成为文学大师，成为鲁迅、雨果、海明威。袁瑞珍的文学之路，再次印证：一个人，几十年热爱文学，不一定有利，但文学能给人一颗安定的心，心安，就是成功；一个人，一生热爱文学，不一定能出名，但文学能使人心存爱意，有爱，就是成就。文学，从物质层面去看，真没太多价值，但，文学，对爱她的人，是一方厚土，是艰难世道最后的安身立命之处。所以文学与人的生命有关，与生命的绽放有关。文学对人生命的照耀，就如太阳对依米花的照耀。人和花都不易，都太艰难，都是扎根在大地，求生，等待生命的绽放，哪怕只是一次，哪怕只是一个瞬间。

四

分享了袁瑞珍的闲暇时间如何利用，分享了
她的作品，最后我还要说一下今天这个会，它是由
袁瑞珍退休前的单位，中国核动力研究设计院主
办的。这家科研单位被誉为"中国核动力工程摇
篮"，单位的性质，跟文学，跟艺术，跟人文一点
都沾不上边，但他们为一个退休职工组织了这次文
学研讨会。此举，不仅让人感到温暖，还让我想到
了世界著名科学家、著名物理学家爱因斯坦，他就
是一位爱好文学艺术的科学家的典型代表。他有句
名言，大意是：对我而言，死亡意味着再也不能阅
读歌德的诗歌，不能欣赏莫扎特的音乐。还有当代
的乔布斯，他之所以能把苹果做到全世界去，让数
亿人喜欢，就在于苹果的人性化设计，而乔布斯与
大多数商业巨子不同的是，他非常热爱文学，热爱
艺术，尤其是东方艺术，为此他还专门到印度学习
艺术和研究宗教。

科学，文学，这两个不同的学科，好像是没多

大关联，就如同一条山脉两边不同的河流，但是，河流只有不断地交汇，才能终成大海。人也如此，科学，文学艺术，是人站立的左腿和右腿，是人飞向天空的左翅膀和右翅膀。

2018年秋袁瑞珍作品座谈会发言稿

素描大力

一

如果要说哪个人的长相和他的名字最搭调，那就是大力。

大力姓冯，河南人，全名冯大力，朋友都叫他后面两个字，大力。认识大力是因了学者李后强。原来大力是在四川大学念的本科，他在校园荷花池边追女生的时候，李后强已是川大的教授。大力追女生，动作也不小，女生说家里不允许她在大学里谈恋爱，大力说，等。可他嘴上说等，身体却早已行动。他找到那女生，一只大手拖上女生就去荷花池边漫步，这女生拗不过大力，就从了他，后来这女生就成了大力现在的太太。

大力是个典型的北方大汉，不仅个子高，块头大，每次他来四川，除了拜母校、看老师、会同学外，那就是一群好友聚在一起，大碗喝酒，大口吃肉，大声聊天摆龙门阵，一旦聊到开心处，兴奋起来就是哈哈大笑。总之，中原大地的宽厚，天府之国的润泽，两方水土，把一个"少不入川"而偏偏入了川的少年冯大力，种养得高高大大敦敦厚厚，谈吐举止潇潇洒洒，浑身上上下下就难寻到一个"小"字。

二

俗话说，孩子是父母的镜子。出入得如此潇洒的大力，得力于父母精心的教养。仁义礼智信等传统文化在大力出生的年代，尽管已被毁得荡然少存，但在河南乡下，在大力父母的骨子里还流淌着祖先们这些优秀的传统。人贵钱贱，天道酬勤，善念为本，这些都是大力的父亲教儿子的，大力一直牢记。河南农村是较贫穷的地方，早些年，从年头到年尾，逃荒的、要饭的络绎不绝。"刘家就是一家人要饭到我们村的。父亲请他们吃了一顿饱饭，刘家大伯见父亲善良，在村子里主事，就想留在村子里，不走了。这让父亲很为难，因为留下他们就意味着要给他们分地。那年头，地，是每家的命根子。可通过父亲努力，最终，刘家不再靠要饭过日子，留在村子生息繁衍。"父亲对弱者的善良和同情，深深融进了大力的血液里。而母亲对大力的言传身教使他懂得："人生一世，要忘记生命中不愉快的人和事，记住恩人和贵人，知恩图报，让内心充满阳光，让哪怕不富裕的日子也充满快乐。"

乡下生活里这些朴素的道理，一直影响着大力。可不幸的是在大力十几岁的时候，父亲去世了。母亲含辛茹苦抚养他们兄弟姐妹五人，六人相依为命。失去父亲管教的大力，打架、抽烟、喝酒，为所欲为，小小年纪，骨子里就透着一股侠客气，在巴掌大的村子里就想干天下。由此，母亲为大力的成长操碎了心。一般说来，小时候经历过磨难，在贫困中长大的那些调皮捣蛋的孩子，成人后，有两种发展可能：一是对社会、对人不信任，心胸狭隘，郁闷自私，我行我素，甚至人格出现扭曲；二是心怀善念，心存感恩，正直善良，宽厚待人，加倍地回报亲朋和社会。大力无疑属于后一种。

三

2005年母亲的离去，使大力在近十年时间里萎靡不振，不能自拔。无奈与愧疚，悲伤与忏悔，"让我深刻体味'子欲养而亲不待'的痛"。事业的曲折，人生的不易，没能压倒大力，唯母亲的离世将大力几乎击垮且数年不振。后来，大约是冬季的三亚，在老师兼朋友的李后强与大力的一次长谈之后，大力才逐渐振作起来，开始追逐人生新的目标。作为大学教授，大力的理论成果不断在《人民日报》《光明日报》《中华文化论坛》等权威报刊发表。不仅研究理论，大力还学以致用地搞些投资经营，经营效果还很不错。近年来，大力把业余时间基本上都用在了潜心阅读、专心创作上。阅读的范围从以前的庞杂，逐渐转移到文史哲上，最近更是把阅读的目光聚焦在文学上。在创作方面，大力从怀念母亲、怀念父亲开始，各种追念和感悟的文章一篇接着一篇，短短两三年时间，冯大力三个字常出现在《四川文学》《青年作家》《河南日报》等全国各地报刊上，最后集成了一本20余万字的散文随笔集。按大力尊敬的学者陶公的话来说，大力的文章，不论他写什么，不论他怎么写，文字里扑面而来的只有两样东西，一是情，二是义。

有情有义的男人，注定招人喜欢。大力不仅招女人喜欢，还招男人欣赏，至少在河南、四川、海南几大朋友圈里是这样，如陶公、后强、成斌、振先、蒙林、安军、良贤、韩毅、单晶等对大力无不赞美有加，当然，正在敲键盘，用文字来勾画涂抹大力的我也在其中。有一次饭后，和大力聊得投机，他说了些夸我的话，明知话里带着酒气，可听得顺耳顺心，我说，下辈子如果变女人，就追大力。事后朋友们重复这话，我说我没说。酒醉心明白，实话相告，大力这家伙还真是一个少见的重情义、喜诗酒、怀善念的大男人。

四

初识大力，除了他块头高大外，没觉得他是那种一见就很中眼的人，我跟他的关系属于慢热型，不是一见钟情。大概两三次后，慢慢觉得这人内外兼修。端杯呷酒间，尤其是席中交流谈吐里粗中带细、细中有刚、刚柔兼备、文武皆有，绵柔收敛的举止里含藏着豪爽大侠之气。酒品看人品，多数人是泛泛而说，如果真要入木几分地从喝酒看人，那是能看出一些道道来的。与大力对坐而饮，本人因眼力不够，不善识人，看不出个中一二。但每与大力饮酒聊天，使我常想起一个人来，谁？令狐冲，令狐大侠！就是金庸小说《笑傲江湖》里的那个男主角。令狐冲在华山受难，被师父罚到思过崖。好友田伯光，就是被称为"万里独行侠"的那位"采花大盗"。在长安的地窖里，田伯光发现了一百三十多年前的二百余坛老酒，他挑选了两坛共计一百多斤老酒，闯陕北，到陕东，一路躲避追杀，一路犯案，舍命挑酒上华山。地窖里的这天下美酒，按田伯光的说法，只配他和华山上的令狐冲这样的世间英雄享饮，其余老酒，稀里哗啦被田伯光砸个稀巴烂。田伯光和令狐冲本是狭路相逢，数次刀剑相向，在刀光剑影中两人逐渐厮杀出了友谊和敬佩。华山险道上挑酒的身影，思过崖你一碗我一碗雅俗相当、文武有度的饮酒场面，把男人和酒，侠士和义气，顶天立地和穿州过府的男人形象展现得酣畅淋漓、荡气回肠。金庸的这一章回，是我现阅读到的关于酒气和英雄最生动最义薄云天的章回。

与大力对坐，脑袋里常想起华山饮酒，常想起传说中的那些英雄。

五

世界上还有一种真正的英雄，那就是在认清生活的真相之后，仍然热爱生活，仍然尊爱万物生灵。这话大概是一生崇尚英雄的罗曼·罗兰说的。我把此话用在这里，因为它矫正了我们对英雄固有的、单一的认识。从这个意义讲，大庇天下众生的那些行侠仗义、笑傲江湖、惊天地泣鬼神的英雄不是常有的，反而那些热爱生活，尊爱生灵，在酒中咂出酒味，在水里品出水味，在空气里嗅出空气的味道，在周而复始、平淡无奇的日子里，让生命活出真性情、真滋味，并把这种真性情、真滋味"滴水之恩"般漫延开去，像火一样去感染身边的人，去温爱身边的人，这样的人，更是大千世界、平凡生活中看得见、可触摸的真英雄。

大力是一个活出了真滋味的人，是一个懂得"滴水之恩"，懂得"寸草之心"的人。翻开大力的这本集子，关于亲情，关于友情，关于感恩的篇目不少。比如《妈妈的教诲》《怀念父亲》《二姨》《子欲养》《川大记忆》等，通过这些篇章，这些文字，感受到了大力在不停地记录，在无遮挡地倾述，在涌泉般报答他生命中曾出现过的滴滴"清泉"，缕缕"春晖"。就在我写这篇短文的前后，大力多次提醒我，这篇文章要把那些老师和朋友的名字写进去，是因他们的鼓励和帮助才有了这本《走在幸福中》的出版，是他们在人生旅途中的同行和陪伴，才有大力今天混出的一点"小出息"。我告诉大力，如果把感谢的人都写进这篇短文里，这篇文章和你要出的这本书就不完美了。大力却要坚持，这就是大力。可惜，文章是我在写，就由不得大力摆布了。但大力把老师朋友们对他好的感念看得比出书本身更重要，把做人做事的尽量完美看得比所谓成功更重要的人生态度，让人感动，让人钦佩。写到此真想跟大力举杯干两盅。

六

大力喝酒，当然不是一味地乱喝胡喝，更不是一味地胡醉烂醉，只要翻开他的《醉酒》《醉思》《醉说》《和李清照对酌》等酒篇，就知道了。大力喝酒，关注的是喝酒的对象、酒的品质和喝酒的氛围，三者缺一不可，齐了，大力就兴高采烈地喝，毫无顾忌地喝，敞开心扉地喝。酒过七分，大力就热情奔放，妙语连珠，说唱无忌，对座上人的爱憎好恶渐渐沥出，浑不怕得罪人于彻底，直直然袒露心扉，醉醉乎忘乎所以。好一幅"天子呼来不上船，自称臣是酒中仙"的醉态图。同样的一个酒，同样的一个醉，原来是有高下之分的，就像醉汉走路，同样是趔趔趄趄，歪歪倒倒，左一下右一下，其实：一个是醉鬼，一个是醉拳。大力喜欢酒，喜欢的是诗酒，大力看似醉，可他在醉后说的全是糊涂中的明白话。

　　说话不曾糊涂，做事大力更是不糊涂。作为农村里的苦孩子，大力完成学业后，在大学里教经济管理，已经是不错的差事了，可大力不甘于此，他要把课堂上的理论，带到市场中去检验。从什么资产重组、资本市场、五星酒店管理，再到文学创作，他样样都干得风生水起、风车斗转。如果一个人到了做什么，就成什么的时候，那么这个人已经不是在做事了，他是在做人。在实业圈子里，大力是做学术理论的；在学术理论圈里，大力是搞文学创作的；在文学圈里，大力是干实业的。上天为什么这么眷顾大力呢？

　　"父亲离开我们整整三十年了。这三十年里，我没有天天思念父亲，但他老人家一直在我的心里，在我的行迹中。对老人家精神与品质的继承，就是我怀念父亲的方式。"

　　父亲的"精神和品质"。大力就是这样的一个人，一个让身边的人随时都可以从他的言行里感受到快乐和温暖的人，这种快乐和温暖来自于他父辈生命的延续，来自于父辈精神和品质的传承。古往今来，或为了自保，或为了显得深沉有内涵，多数人是要千方百计地掩藏自己的缺点与好恶的，而大力不然，他毫不隐讳自己的缺点，率真地袒露自己的喜好，以便别人轻松地、快速地认识他、把握他，要么因喜欢他而成为真朋友，要么因厌恶他而不再跟他往来。大力说，这种直率、坦诚好，别浪费时间，别耽误生命。

今年春节，一群朋友相聚在三亚，听说大力要出本散文随笔集，后强老师叫我代表弟兄们写篇序。写序不敢，但又不能推脱。就照葫芦画瓢，凭记忆，素描大力一番，勾画得像不像，涂抹得好不好，就这么回事了，大力是有肚量的，要不然，哈哈，就罚酒！

独一无二的作家张承志

一

　　不是每一个时代，都能遇上一位独一无二的作家，我们这个时代遇上了一位，他就是张承志。

　　自小说《骑手为什么歌唱母亲》发表，并获得首届全国短篇小说奖至今，张承志已走过了四十多年的文学历程，以小说、散文为主的张承志的作品，正在经历下一个四十年，乃至更长时间、更广地域、更多元文化的检验。也许最初的相遇和直觉是美好而准确的。那个含泪读《黑骏马》的冬夜，年少的我，没任何准备，瞬间，就被文学的力量击倒，臣服于张承志的草原故事，并被他随后的一篇篇美文所吸引、滋养和塑造。在渐渐成为铁杆迷的同时，也不知天高地厚地胡言道：张承志的出现，如一颗石子，掉进池塘，眼前走红的一些作家，被炒作的一些作品，都将被这颗石子激起的涟漪，荡到边缘去。一晃，几十年已逝，如今看来，当初的咿呀胡言，不完全是乱说瞎说。

是的，就中国当代文学而言，不论是张承志的作品，还是作家张承志，都是绕不过的一道坎，躲不开的一块礁石。作家张承志和他的作品，构成了当代文学中一个巨大的体系，这个以激情浪漫、英雄情怀、清洁的美文，以及特立独行的个性构成的巨大体系，占据着天平的一头，平衡着整个时代。张承志是这个时代留给后世的一个标志，一道独一无二的硬硬的风景。

二

　　孤旅前行的背影是独一无二的。回望张承志这一代作家的文学历程，正是中国"文革"结束、改革开放面向世界高速发展的历程。在这历程中，无论早期的"知青返城""全民下海""民工潮"，或是后来的"工业化""城镇化""脱贫奔康"，总之，就是十几亿中国人，从山上到山下，从乡村到城市，从自行车到汽车，从穷日子奔向好日子的历程。在这历程中，各行各业如医生、教师、公务员、美发师、洗脚妹，为按月或不按月的工资，为当官发财或留学移民，为子女读书或老人赡养，为今天的医疗或明天的社保，既疲于奔命、担惊受怕、如履薄冰，又胆大妄为、铤而走险、无法无天。有人捞到了钱，有人混出了名，有人名利都到手，当然，也有人两手空空，白茫茫一片大地真干净。

　　就在"这是一个最好的时代，也是一个最坏的时代"，张承志与这个时代形成了极大的反差，他逆潮而独行，破釜沉舟投身广袤无尽的山河，在黄土高原和丝绸之路那延绵起伏的沟壑梁峁之间，肩扛如椽大笔，高举"为人民"的猎猎大旗，钻穷乡、交穷友，过穷日子，为穷人书，与知识阶层，与变幻莫测、无所适从的大半个世界一刀两断。

张承志，1948年生于北京，清华附中毕业后，到内蒙乌珠穆沁草原当知青，先后求学于北京大学考古历史系、中国社科院研究生院，获硕士学位。曾在中国历史博物馆、中国社会科学院、海军政治部文艺创作室等单位就职。长期从事历史宗教考古调查。从20世纪80年代中期开始，曾先后游学于日本、西班牙、摩洛哥、中美洲等国家和地区。继小说《骑手为什么歌唱母亲》发表并获全国短篇小说奖后，1982年发表中篇小说《黑骏马》，获全国中篇小说奖，1984年发表中篇小说《北方的河》，获全国中篇小说奖。著有长篇小说《金牧场》《心灵史》以及《张承志文集12卷》等作品。现为职业作家。作品多以内蒙古草原、新疆、甘宁青回族区、中亚、日本、西班牙等地域为依托，将激情与思想、求知与秘境、道义与历史融为风格鲜明的美文。

对张承志来说，无论学历、经历，还是所从事的专业，以及他初登文坛就斩获的一连串战绩，都足以让他的生活、事业春风马蹄，步步为营，前程似锦。

然而，1984年的冬天，中国第四次文代会在北京召开，就在此次"中国文人盛会"开幕之时，他却转身而去，面向包括甘肃、宁夏、青海、新疆、内蒙、陕西，以及辽宁、吉林、黑龙江在内的整个北中国，开始了他的西自昆仑、阿尔泰，东到漠河、长白山的无尽的九州长旅。背后是中国文人的盛会，灯红酒绿，歌舞升平，张承志在高原戈壁、荒漠山道上，用一串串足迹回答："我们在上坟。"

当张承志在文坛刚冒出头，眼力非凡的著名作家王蒙就盯上了他，说他是同时代作家中少有的"学者型作家"。然而，张承志却从不言"学者"，从不言"体验""采风"。他说："我能一点活儿不干地在乌珠穆沁草原的蒙古包里支着二郎腿一躺二十天；我能在六盘山下的回民庄园里天天睡到日上三竿；我习惯了在天山南北，在昌吉和焉耆的饱经沧桑的长者跟前发浑耍赖。"别了，京城、皇城根。别了，教授、文人圈。他向山河求学，做山河的学生。自此，山河于他，如一册册书，一页页纸。他，一年一年往前读；山，一座一座往后翻。中国北方那些宽人胸襟、壮人骨头的大山大水，壮养出一个粗犷、强悍的作家张承志。

有两本书，张承志一生读不完，一本是山河，一本是民众。他说，他是蒙古大草原、回民的黄土高原、文明的新疆这三块大陆"承负责任的儿子"。张承志，一个诀别体制、靠纯稿费过活的作家，长久以来，匹马单枪，孤旅前行，闯过一阵又一阵，走过一村又一村。他在《离别西海固》中说，"我知道对于我最好的形式还是流浪。让强劲的大海旷野的风吹拂，让两条腿疲惫不堪，让痛苦和快乐反复捶打，让心里永远满盛着感动。"夜晚，他喝蒙古包里熬煮的奶茶，剥西海固黄泥小屋里火烧的土豆，听新疆冬窝子里维吾尔大叔讲的故事，在这些人堆里求学问道；黎明，他牵着也许是说着不同语言的几多弟兄的粗手，迎着红霞，一同上路，一路行走，一路相谈。他说，相谈相交者，唯有农民，"兄弟的眼神里充满期待，我重视这样的眼神。"

张承志在多篇文章里说，他早就惯于活在"底层的一翼"。大草原使他酷爱自由，黄土高原使他追求信仰。他在《清洁的精神》中说，"经常地这样与他们在一起，渐渐我觉得被他们的精神所熏染，心一天天渴望清洁。"在没有读过书、不识字的人家里，他说，他学到了人、做人、人的境遇、人的心灵这些在大学里，在史书上学不到的东西。在穷乡僻壤里，他重新见识了希望、追求、理想这些在沙龙里，在座谈会上被冷落、被遗忘了的东西。他在散文集《荒芜英雄路》"作者自白"中说，"旅人一词的分量在于这旅途无止无尽，我总是面临这跋涉的压力，总是思考着各种大命题，思考着怎样活得美和战胜污脏。"早年，考研究生时，他就喊出"为人民"三个字。当时就倍受人嘲笑，直到今天，他非但不后悔，而且仍在恪守第一次拿起笔时就信奉的这三个字的原则。哪怕这一套被人鄙夷、讥笑，他也从不放弃。"我心底的感情永远献给他们：蒙古族的额吉、哈萨克族的切夏、回族的妈妈。"

把心底最真挚的感情献给母亲。是的，就像

他踏上文学这条路，写下的第一篇小说就是歌唱母亲，写给母亲的，数十年从未动摇。在无尽的长途孤旅中，他常常被日本歌手佐田雅志的那首《无缘坂》感动。"忍啊，这难忍的无缘长坂，我那咀嚼不尽的，妈妈的细小人生。"在歌词和旋律的背后，他说，闪烁着那么多的面孔和眼神，那是多么动人的美。他时刻铭记着在年轻时给予过他关键的扶助、温暖和影响的几位老母亲。每次听见这歌，他都似乎看见，母亲们正默默地在那条漫长的长坂上缓缓前行，并耗尽着她们微小平凡的一生。他在第一本作品集《老桥》"后记"中写道："我是他们的儿子。现在已经轮到我去攀登这长长的上坡。再苦我也能忍受的，因为我脚踏着母亲的人生。"

作为多年来一直追踪着张承志脚步的读者，总忘不了从最初到现在，他的作品给我带来的感动和震撼。我一天天一年年成长，稳健的步子越来越快，责任在肩从不敢懈怠。这一切，除了我的母亲言行对我的教化，那就是张承志的作品对我的净化、丰富和长久的改造。

"时光如证：虽然头发白了，人却不能先老。

数奇当好运，山河作磨石，哪怕人常说心高路窄，两眼里我只见地大物博——何止固海秦陇？我以半个中国为家。"前不久，在张承志新作《三十三年行半步》的散文中，当我读到这一段文字的时候，脑子里突然闪现他曾说过的一句话，这句话是说给他的"个人读者们"的。他说："当你们仍想活得干净而觉得艰难的时候——请记住，世上还有我的文学。我不会背叛。"豪诺犹在耳边，初衷仍未改变。没有心高路窄、怨天尤人，如一独行的雄狮，不需要成群结队，不需要簇拥捧场，更不需要叽叽喳喳的帮腔。以大地为灵魂的宿地，以山河为安身立命之家。张承志眼里永远只有山河，只有地大物博。

三

英雄主义的情怀是独一无二的。崇尚英雄是人类心灵中最宝贵的光焰。阅读充满英雄主义的作品，使人陡然升起崇高雄伟之感。张承志从初登文坛一直到现在，他的作品几乎都呈现出了浪漫的英雄主义，这在缺少崇高美、呼唤英雄的中国现实社会中非常有意义。

前不久，有关张承志的一篇文章在网络上传播，标题是"今天，为什么还要阅读张承志"。这是华东师范大学教授罗岗、复旦大学教授郜元宝，接受《文汇报》首席记者邵岭的采访所成的一篇文章，载于《文汇报》，原标题为"有评论家认为，现在应该在当代文学的版图上重新标注张承志"。其观点有：张承志始终都呈现出了高度主观化和抒情性的特点；与同时代作家相比，张承志有另外一套知识谱系，而这套知识谱系，为我们提供了另外一套看待世界的眼光；张承志的目光始终投向多元共生而生机勃发的中国文化精神的本根所在。文章的最后一句是："如果我们把这样的张承志从中国当代文学的版图上抹去，那将不是张承志的损失，而是中国当代文学的损失。"

文章的观点留给专家，也留给后世。我们还是回到"今天，为什么还要阅读张承志"上来，或者换一个说法，张承志的作品中，是什么还在吸引今天的读者？

白晓霞，兰州一位文学博士，在少女时代就

阅读张承志，现在她仍在重读，读后，她还写了文章，名字叫"重渡英雄之河——重读张承志《北方的河》"。因为她忘不了张承志《北方的河》中，那个给少女时代的她，以梦想和力量的画面。她说："作品中那个经典的力与美的男性画面，表达着对中华民族英雄美学精神的全部阐述。"

那么，《北方的河》里究竟是什么画面，让一个少女刻骨铭心呢？

奔涌的黄河边，两位北京学生，互不相识，不约而同为黄河而来。女生，摄影，来拍黄河。男生，为考地理学研究生来考察黄河。他们在黄河边邂逅。面对黄河，他解开外衣，正要跳下去。她抓住他手臂："不行！太危险了！"他扑向黄河。她抱着他脱下的乱糟糟的衣服掉在地上，她迅速端起相机，"她不出声地拉动着照相机的镜头的变焦环，沉着地分析目镜中的画面和她心中闪过的感受。她看见了一幅动人的画面：一条落满红霞的喧嚣大河正汹涌着棱角鲜明的大浪。在构图中央，一个半裸着的宽肩膀男人正张开双臂朝着茫茫的巨川奔去。"

就这个男人扑向黄河，横渡黄河的画面，几十年过去了，仍深深印在文学博士白晓霞的记忆里，她说，"对我而言，这段文字，支撑着我少女时代关于男性美学的全部想象，那种刚健的英雄气概诠释了我所认为的男性应该具备的战天斗地、穿州过府的能力和潜力。"

伴随着一个少女成长为文学博士，几十年后，她学业有成，仍不得忘怀，还要回头重读。重读英雄男性的激情和自信，重读英雄河流的咆哮和奔涌，重读英雄大地的宽厚和力量。

著名作家王安忆说："《北方的河》塑造的男性是那么的魁伟，有力量，理想那么高。尤其是对女性的拒斥，这简直让天下女性绝望，他的魅力似乎专针对女性，可却偏偏不让女性了解。"

激情浪漫的英雄主义，这就是张承志作品的魅力。

在人类胸中，没有一种情操比对英雄的爱慕、尊崇更为高贵。一个作家，书写什么，礼赞什么，说明你和什么之间闪闪烁烁地连接着一条热热的脐带。张承志说："我喜欢的形象是一个荷戟的战士。为了寻求自由和真理，寻求表现和报答，寻求能够支撑自己的美好，寻求连我自己也弄不清是什么的一个辉煌的终止，我提起笔来，如同切开了血管。"

在张承志的多篇文章里，我们读到了他对屈原、鲁迅、许由、梵高的怀想和追随。年轻时，一本《梵高传》，是张承志行囊中的必备之书，他对梵高苦难、生命和艺术的全部理解，超越了无数的所谓梵高专家。梵高那旋转翻腾的星空，启示并护佑着他一次次踏上求索之路。他说："这位孤独地毙命于三十七岁的伟大画家不可能知道，他还有一幅画就是我，虽然这只是一幅不成功的小品。"有一段时间，他只读两部书，一是鲁迅的《野草》，一是司马迁的《史记·刺客列传》，他说"《史记·刺客列传》是中国古代散文之最"。他在散文《清洁的精神》里，将古代的英雄们称为"中国勇敢行为和清洁精神的集大成"。对鲁迅，张承志在《致先生书》中说，古今学者态的文人中，身具真知灼见者"确实仅有先生一人"。他潜心鲁迅，是寻找自己的参照，自己的"类""群"和"血统"；是找到对物欲，对现实抵抗的力量。他称赞鲁迅"是孺子的牛，是权力的克星，是孤勇一人地、与长袍大褂或革履西服的智识阶级大军对阵的打鬼（抑或称打假）钟馗"。鲁迅在同时代人中，理解他的人稀少。鲁迅逝世之后，亿万人读鲁迅，但理解鲁迅、懂鲁迅的人，也是寥寥无几。要理解谁，走近谁，不是叫一声革命"同志"就可以，是要生命"同质"。因革命需要，毛泽东喜欢鲁迅，尊其为旗手。对鲁迅，张承志作为后来者，他下绍兴、渡日本，循先生心迹，感受先生锥心、彻骨的疼痛。对先生的疼痛，张承志感同身受。在无声的静夜，在绍兴的鲁迅路口，张承志与先生隔代相痛，隔代同悲。

我读张承志，是从《黑骏马》开始。十九岁那年的冬夜，手捧《十月》杂志1982年第六期，与《黑骏马》同时发在这期的还有李存葆的《高山下的花环》、冯骥才的《雾中人》，好像还有叶文福的诗。这期杂志，因名家名篇多，后来被专家认为是一期经典杂志。

其实，《黑骏马》的故事很简单：男主人公白音宝力格，再次回到草原，寻找在蒙古包一起长大的初恋情人索米娅。类似恋人重逢的爱情故事，凄美的、伤感的、喜悦的，随便在哪一堆书里，都可以翻出许多。然而，天下的爱情小说，唯《黑骏马》是生命的大补。

蒙古草原有一首古歌，唱的是哥哥千里寻找妹妹的故事。张承志用这首名叫"黑骏马"的古歌作为小说的标题，并以古歌的故事作为小说结构的框架。当小说《黑骏马》的故事还没开始，人物还没出场，张承志那充满浪漫色彩，并稳稳掌控着节奏的激情书写，一下就将读者牢牢地摁在了他力透纸背的故事里。

"辽阔的大草原，茫茫草海中有一骑在踽踽独行，淡淡的烈日烘烤着他，他一连几天在静默中颠簸。他双眉紧锁，肤色黧黑，他在细细地回忆往事，思念亲人，咀嚼艰难的生活。他淡漠地忍受着缺憾、歉疚和内心的创伤，迎着舒缓起伏的草原，一言不发地、默默地走着。"一反重见初恋女友的男角模样，这分明是一个深沉、冷冷、强悍的英雄的出场。恋人相见，久别重逢，往往是这种故事的高潮。拥抱、眼泪、倾述，这些惯有的伎俩，在张承志的笔下都没有，更没有像莫言写的那样，让瞎了一只眼而自己破相的"小姑"哀求昔日恋人，为她在婚外生下一个和哑巴丈夫的哑巴儿子们不一样的正常小孩。不，独一无二的张承志绝不会那样去写。

寂静的草原之夜，索米娅的赶马车的丈夫外出五天，白音宝力格和索米娅进出一个蒙古包，各睡一炕的两头，没半点非分之想，有的是如初的相知、信赖、尊重。夜空下的蒙古包，安静的炕头，白音宝力格望着星空，满是忏悔、自责和良心的拷问。他思考的是作为一个草原之子，对昔日恋人，对抚养自己的额吉（母亲），未曾尽到的应尽之责；思考的是索米娅和她的孩子们未来的日子和生活下去的人生之路；思考的是怎样回报这片养育着祖祖辈辈的母亲般的大草原。而后来，索米娅在面对两人即将再次离别时，冲上去抓住他的马勒，唤着他的小名，"如果你将来有了孩子，而且，她又不嫌弃的话，就把孩子送来吧，我养大了再还给你们！你知道，我已经不能再生孩子啦，可是，我受不了！我得有个婴儿抱着！我总觉得，要是没有那种吃奶的孩子，我就没法活下去——"

这就是《黑骏马》里的爱情故事，这就是张承志笔下恋人的重逢和离别。这里的爱，是奉献，是爱背后的责任。每次读这篇小说，不管别人读到的是什么，我所读到的是：青春、理想、担当和力量；我所读到的是一个草原儿子，唱给昔日的恋人，唱给慈祥的额吉，唱给草原母亲的一首英雄赞歌。

英雄主义，在张承志笔下不仅是哲赫忍耶，不仅是沙沟、双林沟里的故事。张承志笔下的英雄，就像罗曼·罗兰所说，"世上只有一种英雄主义，就是在认清生活的真相之后依然热爱生活。"现实生活，平平淡淡，周而复始，更多人的一生都是充满了平凡的小事，他们安稳地做一个实在的小人物，给一个可爱的小孩做父母，给一对慈祥老人做孝顺的子女，给他的另一半一个简单幸福的臂弯，在惨淡无味的日子中，凭着生活的勇气，哪管酸甜苦辣，也要历经五味杂陈的磨砺、浸泡，活出生活的滋味，活出生命的光亮。这便是现实生活中的真心英雄，真正的英雄。张承志的作品里，总有那么一股子向上冲的气，总有那么一种让人要站直的力量。读之，总有一种高山仰止，心向往之，要被他的作品引领到高处去的感觉。哪怕是一个最普通的人，一个在平凡日子中过活的人，英雄主义在他的作品里无处不有。白音宝力格、索米娅、林老师、达瓦仓、额吉是草原上的英雄；横渡黄河的他，是她心中的英雄，也是黄河浪尖上的英雄；苏尕三紧紧攥住那女子的手，一起走向茫茫荒山尽头，走向他们心中的黄泥小屋（小说《黄泥小屋》），是在穷苦日子中挣扎的英雄；明知那是燃烧的火焰凝固成的一座山，走在烙脚的山路，烈日烤着脸，烤着人的心，"我心里突然掠过一阵难过，不知为什么，我觉得我和这道坚韧的山脉已经有了深深的爱情。"（小说《凝固火焰》）以及刮着七级风力的山口就是大坂，大坂在山脉的道路的顶端朝他轻蔑地闪着冷光，他纵马而去（小说《大坂》），这是孤旅上的英雄；《残月》《终旅》是底层黑夜中寻求光明的孤胆英雄……

漫漫黄沙，英雄不绝，如大地，野草疯长，乔木冲天。景仰和崇拜英雄，书写和赞美英雄，是为千年的民族英雄招魂，是为这片大地上的英雄血脉继续流淌，是为英雄基因延续传承。若不为英雄书，张承志一生不得安宁。

四

　　滋养生命的美文是独一无二的。美文，现在成了文学的热词和作家奋笔的目标。而张承志将纯美的自然、极致的善、清洁的精神、浪漫的英雄主义融为一体，并书写成一篇篇美文，在同时代作家中，他是独一无二的集理论和实践于一身的先行者。

　　早在1985年，张承志就在《文学评论》上发表了一篇文章，叫《美文的沙漠》，虽然是发在中国著名的理论刊物上，但这篇文章本身就是一篇精美的散文，是一首完美的诗。张承志写这篇文章，不是源于理论，而是源于创作实践，起于翻译学。他认为：美文不可译；传神的或有灵气的语言不可翻译。他勇敢而坚定地再提"美文"这一概念。

　　"美文"，学术界大致认为，起于梁启超、周作人、林语堂、鲁迅。从中华人民共和国成立到改革开放，美文的提法沉寂了一段时间。在张承志重提"美文"之后，著名作家贾平凹于1992年9月，在西安创办《美文》月刊，提出"大散文"概念。

那么，不可翻译的那种"美文"，张承志是怎样认为的呢？他说，也许一篇小说应该是这样的："句子和段落构成了多层多角的空间，在支架上和空白间潜隐着作者的感受和认识，勇敢和回避，呐喊和难言，旗帜般的象征，心血斑斑的披沥。它精致、宏大、机警的安排和失控的倾诉堆于一纸，在深刻和深情的支柱下跳动着一个活着的魂。当词汇变成了泥土砖石，源源砌上作品的建筑时，汉语开始闪烁起不可思议的光。情感和心境像水一样，使一个个词汇变化了原来的印象，浸泡在一片新鲜的含义里。勇敢的突破制造了新词，牢牢地嵌上了非它不可的那个位置；深沉的体会又挖掘了旧义，使最普通的常用字突然亮起了一种朴素又强烈的本质之辉。这一切不仅囊括了包括情节、典型、主题在内的角角面面，而且包容着和表现着作家的全部人生体验、真知灼见和文化修养。小说应当是一首音乐，小说应当是一幅画，小说应当是一首诗。而全部感受、目的、结构、音乐和图画，全部诗都要倚仗语言的叙述来表达和表现，所以，小说首先应当是一篇真正的美文。"

　　显然，张承志说的美文，不是单指哪一种文体，不是仅限于学术上的一个定义，也不是如美文是"白话文""散文小品""抒情散文""艺术散文"这些概念。张承志说的美文，应该是指用母语，即我们使用的汉语所写出的包括散文、小说在内的所有文学作品，而这些作品的语言叙述是诗性的，极具张力的，场景是有色彩和极具画面感的，随故事的推进或情景的变化，缭绕着与故事和情景相应的音乐的。更重要的是，要表达出你所书写的特定地理、特定民族或人群独有的生活，独有的心境，独有的意识，弦外之音，基于传统和文化的只可意会的心理素质。对美文，张承志看重的不是外，不是形，他看重的是内，是质，是文字中美的含量、纯度，是美通过文字的传输，对心灵的浸润，对生命的滋养。

　　作为同时代作家中"美文"的吹哨人，张承志更是"美文"写作的践行者和标杆式的作家。早在他发表《美文的沙漠》之前，他的创作，不论是从形式还是到内容，他都是主动地、有意识地把高度主观化和抒情性按美文的标准来严苛地要求自己的创作。在20世纪80年代初期，他的《绿夜》《北望长城》《黑骏马》等一批草原作品，已率先踏上了"美文"的求索之路。按张承志的说法，他和他的文学，都是得到了草原的启示和塑造。他说："草原是我全部文学生涯的诱因和温床。甚至该说，草原是养育了我一切特征的一种母亲。"在他看来，"草原，以及极其神秘的游牧生活方式、骑马生活方式——是一种非常彻底的美。"照此说法，我们也可以认为，张承志的美文，就是从草原的"彻底的美"里生长出来的。今天回头来看，其实，他以上的这些作品，包括随后的《北方的河》《黄泥小屋》《荒芜英雄路》《把黑夜点亮》《辉煌的波马》等，有些已经成为美文的范本。正如那时他就幻想着的，"这么干下去就会凿穿岩壁，找到那些珍宝般瑰丽的美文。"

有时，我也想，如果张承志不干文学，他也许会去搞美术，而且是搞油画。后来从他的文字里得知，他写作之余还真喜欢画画和书法，而且是画油画。他的有些书就是以他自己的油画做的封面或插图。后来从他出版的以油画、速写、草图为主的《涂画半生路》中得知，他搞美术的时间比搞文学还早。我之所以那样去猜想，就是基于他作品里强烈的色彩和逼人的画面。比如：骏马、旅人（英雄）、大坂，这三者构成的画面，出现在《大坂》《凝固火焰》以及多篇作品里。骏马是旅人的坐骑，大坂是旅人必须去逾越和征服的关口；在小说《黑骏马》中，主人公两次离开草原，都是初升的红日在草原尽头冉冉升高之时；还有《北方的河》中那个著名的横渡黄河的画面。这些画面不仅增加了形象感，在阅读中，随着叙述的推进，这些画面还有种挡不住的美向你涌来。音乐感，在张承志作品中不仅是他牢牢掌控着的叙述的节奏。空气的游走，河水的流淌，露珠的滴落，甚至夕阳在荒山梁峁间的移动，都让人感觉到一种无处不在的与景致相应的音乐在鸣奏。而张承志作品里最美的还在于他从历史，从大地，从人民中掘取出的诗意和神性，并将这种诗意和神性与善、与悲悯融为一体，化成了人间胜景般的一篇篇美文。

张承志说："我感动地发现，我用笔开拓了一个纯洁的世界；当我感觉到了自己在这里被净化，被丰富的时候，我就疯狂地爱上了自己的文学。真的，所有的苦涩和牺牲在这样的理性面前又算得了什么呢？在流血般的写作中我得到了快乐，在对梦境的偏执中我获得了意义。"

作为一个长期阅读张承志作品的读者，喜欢是没有理由的。他常常是弃甲扔盔，拔剑裸战，旁观之人尽可拾掇他暴露的破绽，什么"偏执""心灵的迷狂"，类似的话总觉得那么耳熟，似乎梵高、果戈里、海明威，甚至二战雄狮丘吉尔在他们各自的时代，都被同时代人赋予过"疯子""狂妄""精神病""不可理喻者"的称谓，可在后世看来，这全是褒奖之词，全是这一"类"，这一"群"，的共同特质。阅读，就连他们的"特质"一起阅读。欣赏，就连他们的残剑断矛也打捆欣赏。水面平静，是池塘，没有惊涛骇浪，就不是大江大河。精致，不属于山峰，不属于山脉，那是阳台上的盆景。对"特质"的这一类，我们习惯了隔代赞美，习惯了隔世欣赏。路过一片竹林，就发魏晋感叹，殊不知，英雄就在路边，只有擦肩而过。

遗憾的不是英雄，可悲的是我们已无辨识的眼力，欣赏的品格，接纳的胸襟。

著名作家朱苏进说，张承志的"许多篇章既是猛药又是美文"，并称张承志的美文是"采自大地的野草般思想""在中国当代作家中，很少有人以其文章和人品同时激动着我们的，张承志则是其中一个"。

在读了张承志《北方的河》后，王蒙激动地说："我想，完啦，您他妈的再也别想写河流啦，至少三十年，您写不过他啦。"王蒙说，三十出头的张承志，写出了这样有分量的作品，让整个文坛"羡慕得眼珠子都快燃烧起来了！"他说，张承志的作品是为"当代文学带来新的精神境界、新的信息"，"它号召着向新的思想境界与艺术境界进军，它号召着新的文学巨人、文化巨人的诞生"，"是一切鼠目寸光、小打小闹的作品所不可企及的，是一切迷茫、颓废、只知无休止地咀嚼自我的作品所不能望其项背的"。他说，张承志是"最后一个理想主义者，他坚持着他的理想主义，坚持着他的对形而下的蔑视与对形而上的追求"。作为当代作家中德高望重的一位大师，王蒙先生的这些评价，不仅仅是他的虚怀若谷、一时冲动，也应该是他对作家张承志和他的作品喜爱的真情流露，是客观实在并带有前瞻、预言式的评价。

随着时间的推移，张承志在当代中国文学中的地位会更加彰显。张承志和鲁迅是20世纪两位前后交相辉映的文学大师和"真的勇士"。同时，我们也大胆地预测，张承志和他的作品，如他孤旅前行的背影，将站立在21世纪中国文学的大坂（山口）上。

2020年春节于成都

做萤火虫也是一种理想

　　"中国经济传媒新闻传播领军人物",这么重的奖项,授予我,这是对我和团队的鼓励,再次深表我对各评委的谢意!

　　我来自四川经济日报社,在来参加今天这个新闻盛会之前,我才去了大巴山所在的巴中市。巴中有两件事影响较大,其一是巴中曾是红四方面军的首府,巴中有十多万人参加红军,有四万多人献出了生命;其二是,巴中有一个农民,大家只要看上一眼,都会被他所感动。他感动过中国,感动过一个时代。这个农民，就是画家罗中立那幅著名的油画《父亲》的原型。

这个名叫邓开选的农民，已离开我们很多年了，但他家的老房子，还在大巴山里。就在前不久的那个夜晚，我们一行人，围坐在他家的院子里，本想重温小时候的感觉：在夜里，听听大山的声音；在大山里，望望星空，望望北斗。

可惜，不太凑巧，那天夜晚，我们聊到很晚，天上既没有星星，夜空中也没有北斗。

后来，一位同事说：你们看。我们朝她手指的方向望去，一点亮光，若隐若现，在她手指的方向，慢慢地移动。啊，原来是一只萤火虫——就是大家小时候在夜晚，见过的那种萤火虫。它向我们的小院飞来，飞到我们身边，在我们中间绕着圈，飞来飞去。所有人都屏着呼吸，望着那只萤火虫，听着它的翅膀，轻轻震动空气的颤音，直到它又飞出院子，渐渐消失在大山的夜里。

一只萤火虫，以它幽微的光亮，点亮了我们的交谈，点亮了我们在大山里的这个夜晚。

一只萤火虫，触动了我们所有人，使我们思绪无限，遐想无边。也让我想到当下媒体界，很流行的四个字："新闻理想"。

为了理想，有的人来了。

为了新的理想或是更高的理想，又有人离开了。

不论是离开的，还是留下来的；不论是在座的业界领导，新闻前辈，还是各位同仁，总之，"新闻理想"，在过去、现在和未来都让新闻人热血沸腾，无限感慨。

下面这句话，不知算不算是一种新闻理想，但它，曾激励着我：

"倘若一个国家，是一条航行在大海上的船，新闻记者，就是船头的瞭望者。他要在一望无际的海面上，观察一切，审视海上的不测风云和浅滩暗礁，及时发出警告。"

船头的瞭望者！这是职业的神圣和光荣。

就像北斗，是星空中最耀眼和闪亮的一样，它让每一个从业者向往。

然而，一只萤火虫，在大山的夜里飞来，却勾起我们无边的遐思和想象。

也许，如仰望星空般，追求遥远和宏大，是一种理想；而凝视一只萤火虫，关注微小而动人的闪亮，也是一种理想。

渴望做一个瞭望者，做星空中最亮的那颗北斗，是一种理想；而甘于做一只飞行在农家小院的萤火虫，散发自己所有的光亮，也是一种理想。

萤火虫虽小，但它和太阳是一样的，发出的都是：光。

太阳的光，照射在白天，给世界以能量和温暖。

萤火虫的光，闪亮在夜晚，给人以希望和梦想。

大巴山，让历史记住了红军，让时代记住了《父亲》。

大巴山，也让我记住了，那个农家小院，那只萤火虫，它那一点点光亮，撩起了我的初心，点亮了我最初的梦想。

也许，正是基于这样的梦想，《四川经济日报》才走过了，有过梦想，有过辉煌，也有过坎坷和艰辛的30多年。

也许，正是基于这样的梦想，在最近几年里，报社才从亏损1400多万元、职工11个月发不出工资，债务缠身，官司不断，办公大楼面临即将被拍卖的窘境，一步一步走到今天。现在，不仅还清了所有债务，工资翻了几番，而且，一度被称为"已瘫痪""像植物人一样"的报社，报纸版面质量不断改善，发行量和经营收入，连续多年逆势增长。

也许，正是基于这样的梦想，作为总编辑，既要仰望星空，也要脚踏实地；既要想做一个瞭望者，也要能做一个船员、水手；既要面向未来，在媒体融合上发力，也要以工匠精神，面对每一篇稿件和每一个文字。就像一只萤火虫，它无力照亮一方天地，但，它能给一片竹林，带去灵动；给一座小院，带去光亮；给一群人，带去感动和唤醒他们的初心和梦想。

"中国经济传媒新闻传播领军人物"，在今天，授予了我，不如说是授予四川经济日报社所有员工的，不如说是授予像萤火虫一样的人们，授予把光亮、梦想和希望，带给一片竹林、一座小院，带给一个寂静夜晚的"萤火虫精神"的。

2017年"中国经济传媒新闻传播领军人物"获奖现场发言稿

与梦中的大鸟一起上路

　　带着梦想和爱上路，孩子，你将不会孤单。记不得这是哪位父亲在老屋前说给远行的儿子的最后一句话。用这句话作为朋友凤运文集《我从山中来》的开篇是再合适不过的了。凤运的父母我没有见过，这样朴实的道理，不管父亲是否亲口说与了他，我都相信凤运就是这样带着梦想，带着爱，一路走来的。从他的"白沙坡""猫猫沟""牛路口"，跋山涉水，一直来到他朝思暮想的万里长江边。

同在一个单位很多年了，却没和凤运有过太多工作之外的交流。直到几周前的那个中午，我正要关电脑下班，凤运却在泸州通过网络和我聊了起来，他说他要出一本集子，请我写写序。这可不敢当。怕耽误了朋友出书这一好事，劝另请高手。凤运边聊边将他即将出版的稿件发了过来，还说，唯兄最合适。

这山名叫"大山上"。它的尺度正便于一个少年成长中的步履和憨玩，学校门前的一百步石梯成了我年少时渴望征服的对象。

——《记忆的返乡》

寂寥的心情里，我放牧着青春的歌声，苍凉且悲壮。喧嚣的闹市，灯红酒绿的岔口，我都是微不足道的过客。唯有诗歌的靠近，是没顶的幸福，因为一点点美，于我的纯真是巨大的。

——《玫瑰的不是诗歌》

在早晨，我有幸目睹一只青鸟君临城市

我发现了造物者的秘密

她是上帝的伏兵，正在监视这座城池的陷落

我已经能够读出惠特曼和泰戈尔诗中匆匆的脚

步声

——《君临城市的青鸟》

凤运的集子分为诗歌、散文、评论等五个部分。最初的印象是这兄弟搞得杂哦,十八般武艺全玩上了。再一翻看,诗歌、散文章节中那些亲切的文字扑面而来,平日里工作中的那个凤运不得不让人另眼相看。

　　在四川经济日报社二十多个驻站记者中，凤运作为驻泸州站的站长，他的工作是出色的，不仅稿件写得多且质量好，更主要的是，凤运身上有一种蓬勃向上的力量和这种力量中渗透出的率真。

　　对凤运的这种印象，在读了他的《与爱相约》《选择流浪》《川江号子》《思念的锋刃擦伤了谁》《逝去的时空》《我在这个除夕的雪地里写诗》等文之后，得到了印证。就像我们曾交谈过的那些话题：一个没有被诗歌感动过的人，一个不读优美的散文、小说以及一切人类优秀的文学艺术作品的人，他想成为一个优秀的新闻记者，那完全是不可能的。

　　凤运的这本集子，让我们见识了另一个凤运，一个装着梦想，梦想着在天空中飞翔的凤运。当年那个少年凤运，在他的诗歌和散文里，鸟儿成了他反复吟唱和倾诉的对象，那么鸟儿对于凤运来说究竟意味着什么呢？我们还是来看看凤运笔下的鸟儿：春江水暖的三月，一只轻飞的燕子，丰富了我一贫如洗的天际（《写给燕子》）；一只飞鸟，在秋夜的瞳孔中幽幽晃动（《还是那支曲子》）；好似一群群被记忆牵动的大雁，抖动着丰满的羽毛，穿越时光的隧道，从四面八方扑来（《记忆的返乡》）。在这些写鸟的篇章中，我尤其偏赏《小鸟轻轻地飞》这首诗。在我看来，诗中的小鸟，已不再是长着羽毛的鸟，那是什么呢？

> 你的梦被爸爸的吼声打碎了。
>
> 泪珠儿串成的风筝线，
>
> 把藏着梦儿的书包挂得很高很高。
>
> 于是，你每天跟在爸爸身后，
>
> 在那片果林间，交织日月的网。
>
> 秋，被爸爸收获了，
>
> 他收获了许多乐滋滋的笑，
>
> 你仍然还是默默的，你仍然没有翅膀。

读着这些文字，就看到了那只鸟的状态以及鸟的命运。其实那只鸟不是天空中真正的鸟，而是渴望飞翔的凤运以及跟凤运一样的那些"大山上"的孩子们。他们梦想的翅膀被生存的现实折断了。学校的钟声已然远去，书包被挂得很高很高，唯有跟在爸爸的脚后走进果园。当爸爸收获着微笑的时候，山里的凤运们"你往灶膛里添一把柴，添一把深深的惆怅"。就是在川南古蔺西南部的崇山峻岭中那无数个无助的冬夜，凤运用手指在雪地上写下：这个冬天不会太久，这个冬天不会太冷。他坚信：有朝一日终得以真正亲近长江。好一个凤运，好一个壮志少年！

我们都曾青春年少，我们都曾壮怀激烈，我们都曾仰望天空，目送远去的飞鸟，任那翻飞的鸟儿，把我们的梦想和爱写满蓝天。

由凤运的鸟，想到了一个有关鸟的往事。

小时候，在收割之后的金黄色的麦田，我曾跟在大人们的身后，将收割中丢失的麦粒、麦穗从麦田的泥土和麦草中细心捡起。就在人群的前方，常有很多长着羽毛的鸟也在争抢着啄食麦穗。当人群靠近的时候，鸟儿们一起飞起来，在更前面的麦田里停下。直到黄昏，拾麦穗的人要回家了，鸟儿们才会叽叽喳喳地叫着飞起来，飞向各自的家。燕子飞到屋檐下，麻雀飞到竹林里，斑鸠飞到山头的树枝上。只有一种鸟，它也在麦田啄食麦粒，它也在黄昏的时候从麦田里飞起，但它不飞到屋檐下，不飞到竹林里，也不飞到山头的树枝上。它飞起的时候，在麦田上空盘旋一番，哇哇地叫喊着排云而上，直冲远山那红红的夕阳而去。直到今天，我也不知道那是什么鸟，更不知道它的名字，但我知道它是一只大鸟，是一只有别于燕子和麻雀的翱翔在天空的大鸟。

怀揣着"大山上"的梦想与爱，凤运一路走来。我为装着梦想和爱的凤运激越着文字。明天的凤运又将是怎样的凤运？愿我们梦想永存，大爱永存。做一只大鸟，飞与不飞都同样占据着天空。正如凤运在《与爱相约》里表达的那样：

路还很长很远吗？我不怕——

因为，因为今生——与爱相约。

彼岸有花

一

有一天，生命的树

在此岸枯萎

灵魂，便要展开

她的翅膀

飞向了彼岸

这是杨嘉利即将出版的诗集《彼岸花》中的诗句，类似的诗句还有不少。近来，不论是写诗，写散文，还是阅读，嘉利总是对生命，对死亡颇有兴趣。一个作家不关注生命，不关注死亡，其作品的尺度和分量是有限的。但一个作家的阅读、创作、思考，到了无所不是有关生命，有关死亡的时候，对作家的心灵、生命和他的精神来说，未必是一件好事，除非他面对死如面对生一样平静、坦然。嘉利就是这样的。

认识嘉利有二十多年了。在成都这块地盘上的报纸和杂志社里，不认识嘉利的编辑不多。或者换一句话说，这些编辑部里凡是跟文艺有关的编辑不认识嘉利的并不多。在以写作为生的队伍里，嘉利算得上是靠写文章吃饭的作家。省市作协大楼里的那些人，说得准确点应该叫吃上了专业饭，因为他们写不写文章，写文章的多少都跟吃不吃饭没直接的关系。嘉利就不同了，他饭钱的多少，饭菜的好与不好，全在他文字的多少和文章的质量上。嘉利每天的工作就是写稿子，然后用精神的力量，拖带上他乏力且不便行走的身子，从这家报社的编辑部出来，再到另外一家报社的编辑部卖稿子。面对稿纸，面对稿纸上长出的文字，嘉利就像一个老农面对土地，面对土地上的庄稼。写作和种庄稼也一样，靠的是勤劳和诚实。但诚实的老农，随着渐渐老去，也有无力耕锄的时日。于是就自然地想到了嘉利的今后，诸如健康、养老、社保等，这些就水到渠成地成了我们聊天的话题。嘉利摇头说，他没考虑过健康，他没考虑过养老，也没考虑过什么社保这些关于今后的问题。他说他既没钱来考虑，也没时间来考虑。他说的没时间，是说他活不了多久了，他的身体在一天天地告诉他。这是嘉利第一次与我聊到有关他的生命和生命的逝去。

对杨嘉利，上天似乎有些不公。

二

不是说，"上帝关上一道门，就会打开另外一扇窗"吗？

可命运不仅关上了杨嘉利的门，也关上了杨嘉利的窗。甚至连一丝希望之光的缺口也不曾为他打开。

因一场毫无征兆的医疗事故，杨嘉利不到一岁，疾病和痛苦便与他如影随形。别的孩子，一岁开始走路，他五岁才开始一瘸一拐蹒跚学步；别的孩子上幼儿园，他却被一次次拒绝在幼儿园的门外；七岁开始报名上学，老师叫他长大些再来；他被关在家里，望着上学路上来来去去的学生，他年年盼九月份开学，年年被拒之校门外。十三岁那年，在一本连环画书上，大姐教他识字。他从"人""大""小"这些简单的汉字一个个学起。还是学生的大姐成了他的启蒙老师，这本连环画成了他的初学教材。日积月累，用了三年时间，他认识了几百个汉字，并系统地自学了小学的课程。

写字，对很多人来说，是写得好与不好的问题。可对嘉利来说，写字，是能不能写的问题。嘉利写字，那完全是用心血，在人生旅途上刻下一道道生命的烙印。

杨嘉利写字，先是将头和右手肘紧靠在墙壁上，使头和手有一个坚实的支撑。右手的虎口夹住笔，左手虎口与右手的虎口相合，两手的虎口将笔紧紧卡在中间。身子右侧既要靠着墙壁，又要保持全部身子的重心和平衡。随笔画的走向，整个身子慢慢移动。力，通过全身，到两手，再灌注到虎口夹住的笔上，笔尖最后颤颤巍巍地画在稿纸上。凡见过杨嘉利写字的人，无不被他的顽强和坚忍所震撼。

三

1988年的秋天，在嘉利十八岁那年，他写的一首诗在报纸上发表了。随后，他收到了几元钱的稿费。诗的发表和收到的稿费，对他来说，如汪洋中漂来的一根稻草，如天空上打开了一道缺口。他拽着这根生命的稻草，望着打开的缺口，他微小、脆弱的生命，重新燃起了新的希望之光。

"我的梦想很简单，就是做一个能自食其力的人。"

杨嘉利出生在成都南郊一个普通的工人家庭，父母无权无势，也没多少知识和文化，更无力为残疾的儿子谋得半点社会的照顾，甚至怜悯，只能用理解，用爱去呵护他"自食其力"这唯一的梦想。

与所有的人一样，嘉利也有过很多的梦想，比如爱情，比如婚姻，比如在哪个单位的办公室里有一个他的位置，有一张属于他的桌子，在哪一次会议上，有人念着他的名字。然而，就这么普通的一件事，对他来说，竟成了如登天般难的一个梦。

　　屋漏又遭连夜雨。2008年深秋，作为一家之主的嘉利的父亲，在一天清晨因疾病突发去世了。一年多后，大姐也被癌症夺去了生命，家里剩下嘉利和双目失明的母亲相依为命。思念亲人，嘉利曾写过一首怀念父亲的诗，当诗在广播里被朗诵出来的时候，诗里表达的嘉利的境遇和对父亲的深情曾感动了无数的听众——

　　爸爸，天堂的路远吗

　　那一刻你轻轻地松开了我的手

　　转身而走，我知道

　　从此在我生命中的每一天

　　你将离我越来越远

　　直到未知的某一天，与你重逢于另一个

　　春暖花开的世界

　　爸爸呀，可你是否了解

　　在你离去的每分每秒时间

　　你那盲眼的妻子，残疾的儿子

　　是如何度日如年

　　爸爸呀，盼你回来的祈愿

　　只能够夜夜在梦里与你相见

而醒来，无尽的黑暗

就仿佛是我和妈妈的未来

爸爸，天堂的路远吗

什么时候我才能够追随你的脚步

在你身后把你呼唤

让你能回头看看，等候我

步履蹒跚

我需要你的双手，你的胸膛

在铅华散尽的岁月

只有你无声的慈爱，是我一生的温暖

爸爸呀，我的泪水

可打湿了你泉下有知的灵魂

那是我朝思暮想的家园

我如何能够离开

四

从发表第一首诗到现在，一晃二十多年过去了，继出版了诗集《青春雨季》和完稿一本散文集、一本自传体小说之后，他又将出版新的诗集

《彼岸花》。这本诗集共收录了339首短诗，分为
"梦的花语""爱的独步""生的低吟""彼岸之
花"四部分。对这集子，嘉利说它"是我走过40多
年的病痛人生后，对'死亡'和'灵魂'的思考，
我尝试用诗的语言来完成肉体与灵魂的对话"。

　　与嘉利相识以来，见证了他不断创作发表诗
歌、散文或评论，他的作品不断被报刊转载和被朋
友们传阅。但与他的作品相比，我更关注他文字背

后的生存境况和他顽强、坚忍的生命力。其实，嘉利就是行走在成都大街小巷一个悲情的励志故事，一首感人奋进的诗，一幅市井中现代版的命运交响画。他生命的存在，没有因为微弱、瘦小而被淹没。就个体生命而言，嘉利行走在成都，就如拉着二胡的瞎子阿炳行走在风雨中的无锡街头，就如穿着旧旗袍的张爱玲行走在美国洛杉矶凄凉的罗彻斯特大道。

天负生命，但天不负勤劳和耕种。坚忍的杨嘉利扼住了自己不幸命运的喉咙，似一面移动的镜子，照着你，照着我，照着满世界那些有着健全身子反而怨天尤人、责怪命运不公的无为之辈。

就这本诗集，嘉利让我写序。我既不能贸然点头答应，又实在难以启口推说，直到出版社催稿子了，才开始思考这序言怎么写，写点什么。后来出了一趟远门，趁飞机十多个小时在万米高空中飞行，翻阅着嘉利的诗稿。机窗外白云绵延不断，山川河流，若隐若现，如一细细的沙盘。放眼望去，大地上的人、牲畜、楼宇、街道，一切有生命的和没有生命的都淹没在寥廓的宇宙之中，在无尽的时间和无边的空间里。人是如此渺小，生命是如此短暂。原来，人生的爱恨情仇，世间的亲善恩怨，是如此虚无缥缈，无影也无踪。瞬间似乎明白了嘉利坚持用"彼岸花"这三个字来作为书名的寓意。

自生命诞生，其实，我们就从生的此岸出发了，面向死的彼岸而去，那里有鲜花盛开，有彼岸花等待，有父亲温暖的双手和宽厚的胸怀。

拉拉杂杂不敢为序，只当一杯小酒，半碟蚕豆，是为情。

散文『亲历性』的文本印证

专　论　——　周伦佑

　　最近，好友李银昭通过电子邮箱给我发来四篇他近年写作的散文，想听听我的批评意见。这四篇散文基本是围绕他的母亲和他自己生活中的一些片段经历来写的，分别是：《遍地冬瓜的下午》《看母亲端碗时的端庄和享受》《别如秋叶之静美》《为自己曾有过的一个清晨而感动》，总体上有一种亲切、亲近而温润的特质。我初读后即在电话中对李银昭说，我喜欢这几篇散文，特别是其中两篇：《遍地冬瓜的下午》和《看母亲端碗时的端庄和享受》。这一组散文有一些他过去的文章所没有的新境界。从那个下午的阅读体验中，我清晰地感觉到，李银昭这几篇散文吸引我的，或者说让我感动的，是作者记忆中那些他亲身经历的、难以忘怀的人与事。话题由此引申到散文写作的"亲历性"上来。我当即在电话中告诉李银昭，读你写你母亲和你自己亲身经历的这几篇散文时，我突然产生了一个想法："亲历性"是散文区别于小说、诗歌的主要文体特征之一。只有具备"亲历性"的散文才是好散文——仔细想一想，中外散文经典作品中，那些经过时光的冲刷而留下来感动我们的，哪一篇不是"亲历性"的？

关于散文区别于小说、诗歌的文体特征，我曾在散文理论长文《散文观念：推倒或重建》中做过比较详细的论述，可归纳为：非主题性、非完整性、非结构性、非体制性。现在，我认为还应该再加上一个"亲历性"。

提出"亲历性"这个概念，并以此作为散文写作的一个要求，对于强化散文的文体意识，对于散文文体的建构和独立都具有重要的意义。

现在回到李银昭和他的这一组散文上来。

李银昭是20世纪末我从西昌到成都谋生后，于1996年在成都认识的青年朋友。他那时在四川经济日报社做记者，三十岁刚出头，阳光，帅气，一双大眼睛，波光云影，总是充满温情。李银昭待朋友真诚，属于那种一日为友即可终身为友的善始善终者。在认识我之前，他和成都诗人黎正光要好，曾经创作和发表过颇具现代感的短篇小说，对散文有着强烈的热爱和基于审美感性的阅读热情。尽管那段时间大家都被生存压力分心而各自奔波，但只要朋友们聚在一起，谈起文学时，李银昭总是激情焕发，情不自禁。谈话中，说到自己停笔文学创作几年了，很担心今后笔下的写作感觉恢复不了，青年时代的文学梦从此远离自己而去。我则断言他以后还会提笔写作——甚至能够写出好作品。我之所以在当时做出这样的判断，是基于我对他的三点感觉：一是我感觉他对文学的热爱没有改变；二是我感觉他内心的文学激情没有改变；三是我感觉他心中文学至上的价值尺度没有改变。在以后繁忙的工作之余朋友们偶尔见面时，李银昭常常提起我对他的这三点感觉，并以此激励自己。这里顺便讲一件也是与散文有关的事：现在大家都知道四川有一个"在场主义"散文流派，但是不知道李银昭在其中起到的不可替代的作用：正是因为李银昭的激情渲染和赤子情怀的引荐搭桥，2003年，眉山散文作家周闻道经由李银昭介绍在成都和我认识，交往，这才有了以后的散文"在场主义"的诞生。可以说，李银昭是散文"在场主义"的重要推助者之一。

多年以后，李银昭用他新写作的这一组散文，印证了我当初对他的判断和期待。

我在这篇短文的一开始就写到，李银昭这几篇散文吸引我的，或者说让我感动的，是作品中对他母亲和他自己亲身经历的那些令人难以忘怀的人与事的抒写，也就是表现于这些作品中的"亲历性"经验。"亲历性"是这组散文的主要书写特点，也是我阅读这几篇散文的关注点。

初读《遍地冬瓜的下午》，给我的最初印象是突兀和惊喜，有点像读到一首诗中的某几行神来之

笔时的那种惊奇感。而这篇散文从选材、起笔到行文都确实有现代文学必需的"陌生感"所需要的那种惊奇:

总有那么一个瞬间,突然说走就想走了,不想跟任何人打声走的招呼,也不知要去个什么地方。往往这时,只能听随心的使唤,使唤你去听一下午的风,看一下午的云,数一下午遍地的冬瓜。

而那些冬瓜不是事先知道的,事先想到的,而是在无目的的漫游途中偶然遭遇到的一片菜地,那时还不知道菜地里埋伏着冬瓜。作者坐在车上听雨,坐在车上看山,无意中就看见了冬瓜,看见了菜地里遍地都是冬瓜:

冬瓜已经挂灰了,挂了灰的冬瓜就是老冬瓜了。冬瓜也有少年、青年、中年和老年四个阶段。在冬瓜花与冬瓜藤之间长出的像小指那么大个蒂的时候,就是冬瓜的少年时期,再长到手臂那么粗,颜色由嫩绿变成绿的时候,是冬瓜的青年时期,再由手臂粗变成腿那么粗,颜色由绿变成青的时候,就到了冬瓜的中年时期,后来冬瓜继续长,颜色由青慢慢变成了灰,就像人的头发不知不觉变灰一样。冬瓜上的灰越多，灰越厚，冬瓜就越老。老冬瓜不仅存放的时间长，而且好吃。这片地里的冬瓜都老了，都挂上了厚厚的灰。

这时作者竟突发奇想地想到要数地里的冬瓜了，文章就这样被他数出了新意：

遍地的冬瓜，我只是看，没想到要数一数，从小在冬瓜地里长大，与冬瓜熟悉，甚至可以说与冬瓜有那么一些情愫。一个、两个、三个，不知不觉就一个一个地数起来了，七十八、七十九、八十，为什么我要数冬瓜呢？我也不知道。地里的冬瓜，跟我一点关系都没有，我却欢喜地数着别人地里的冬瓜。

就在要数完第一遍冬瓜时，作者在雨中数冬瓜的忘我状态突然被一只大红公鸡和一只母鸡的爱情故事打断了，文章在遍地冬瓜的静态中突然增加了两只鸡的色彩感和动态感。但这并没有影响作者的数瓜作业。大红公鸡和母鸡的"战斗"很快完结了，我们的作者继续数他的冬瓜：

公鸡离开了冬瓜地，母鸡也离开了冬瓜地，冬瓜地又平静了，天上的雨似乎已停了。一个，两个，三个，我又从头开始数冬瓜，一直数到二百多个，就在终于数完了的时候，眼睛一眨，发现地边上有几个冬瓜好像没数上。于是又从头开始数。

整个下午，我就这样数，数了好几遍，每一次数的结果都跟前面数的结果不一样，怎么会呢，难道地里的冬瓜会捉迷藏吗？后来我就下了车，站在路边，用手指着躺在地里的冬瓜，再一次，一个一个地慢慢往下数……

一个人漫无目的地开车到野地里遭遇一片冬瓜是一件奇事；一个人在雨地里数冬瓜是一个奇思；把这奇事和奇思写成文章而成一篇奇文！

《遍地冬瓜的下午》是李银昭散文写作的一个真正的收获。

如果说《遍地冬瓜的下午》带给我的阅读感是某种超然的突兀和惊喜，《看母亲端碗时的端庄和享受》的语调却是舒缓的，慢板的，于肃穆中隐含着某种虔敬。历来写母亲的散文很多，但这样写的很少。一个儿子陪从乡下来的八十岁高龄的母亲去拜寺庙，母亲的一举一动，都被儿子细心体会，那些平常的细节，在儿子眼里竟充满了诗意和禅意，具有直指人心的启示意义：

> 母亲进了山门，从弥勒、观音、韦陀到释迦
> 牟尼，一个一个地拜见。点香、敬蜡、作揖到随喜
> 功德，一件事一件事地虔诚。我一直陪伴在母亲左
> 右，细心地观察着母亲的每一个举动。我们母子缘
> 分一生，这么多年，这样细心地关注和陪伴母亲，
> 在我的印象里，还是第一次。岁月催老了母亲的容
> 颜，瘦小了她的身材。一个长大了的儿子，陪着个
> 头愈发矮小的母亲，慈心柔情一下涌上我的心头。

连母亲在寺院的回廊过道给别人让路这么一个
细节也被作者注意到，并在笔下细致、准确地表达
出来：

> 去斋堂的路上，经过一个回廊，回廊窄且长，
> 来往的人多，母亲总靠边走。有人的地方母亲靠边
> 走，没人的地方母亲仍是靠边走，如果遇上几人
> 一起说着话走过来，母亲就会早早地更靠边，停下
> 来，让那些人先走。母亲这是在让路。让路，是山
> 道上水路上的乡下人才有的习惯。在我的生活里，
> 让路已经成了一个久违的词，一个久违的礼数。母
> 亲突然把这一遗落在山道上、消逝在水路上的礼数

带到了昭觉寺的回廊里。

除了让路，留给作者印象最深的，还是陪母亲到斋堂吃斋的情景，在记述母亲端碗、用斋的端庄神态时，作者的笔墨是虔敬而温情的：

母亲在我的对面，端端庄庄坐着，左手端碗，拇指扣在碗沿上，另外四指扣着碗底，左手肘支在桌上，形成一个v字形。母亲右手持筷子，拈了菜，不直接送嘴里，而是轻放在碗里——也不是随便轻放在碗里，而是小心地轻放在方便吃进嘴里的碗边。母亲将菜放在碗边，不会马上吃，而是将菜和米饭拌一下，小心地送进嘴，小心地咀嚼，满足地品咂着米和菜的味道。盛着米饭的碗，一直被母亲尊重地端着。

接着，作者描写了母亲用完斋后的几个细节，细微到一粒米，一小张纸巾，桌上的点滴汤水，真可谓细致入微：

碗里最后一粒米被母亲送进嘴里，母亲才小心地将碗轻放在桌上，又将盛菜的碗重叠上去，再小心地将筷子横在碗上。一小张纸巾，母亲用它小心地擦嘴，小心地擦手，再小心地轻沾桌上的点滴汤水。一张小纸巾，用过这么多地方，母亲才小心地将纸巾放在桌下的纸兜里。

这些准确的细节描写，增强了散文的亲近感和亲历感，使我们如临其境，如见其人，如闻其声。作者将自己作为人子的感动和体悟，通过文字表达出来，再交由阅读，变成更多人的感动和体悟。写作的意义由此得以彰显。

这四篇散文中最长的是《别如秋叶之静美》，这也是李银昭自己最看好的一篇文章。这篇散文主要写了两个人，一个是大名鼎鼎的李叔同，一个是作者的母亲。通过一个生者（作者母亲）、一个逝者（李叔同）生死观的对照，借以表达作者自己的生死观。

在这篇书写死亡的散文中，给我印象最深的，是文中对具有亲历感的"姨妈之死"及"母亲的生死观"的描写。

在文中，作者是这样描写"姨妈之死"的：

姨妈侧卧在床上，"阿弥陀佛"的念佛声，在屋里，房子里回响，一屋子的人都跟着助念。其中有附近几个寺庙里的师父、居士，有姨妈同修时的师兄师弟，几班人换着念，念佛声一直持续到第二天，持续了二十四小时。

后来，听人讲，姨妈走的前一天，她的女儿，我们的表姐给姨妈照例洗了澡，换了衣服，还请人给她做了轻微的按摩。

"明天不做了，你也休息哈。"姨妈却对表姐说了这么一句从未说过的话。她还补充说，这样很好了，明天休息了。

第二天就姨妈不吃饭了，她只是说想睡。微睡中，听见从姨妈嘴里传来轻微的念佛声。大家觉到不太妙，就请来了山上的师父和居士，为姨妈助念。念诵声是和缓的，舒徐的，像一首静美的西归行进曲。姨妈在西归的行进曲中，就再没醒过来，姨妈像睡着了似的走了。后来听当时给姨妈穿老衣的师父说，走了二十四小时后，姨妈的脸色还是红润的，而且四肢柔软，穿老衣很顺当。

这样的死，不是死，而是安睡，是道家说的羽化，是作者写到的"西归"，是我在《绝对之诗》中写过的：从一座花园步入另一座花园。

写"姨妈之死"，是为了说明母亲的生死观；

母亲的生死观，又带出了作者的生死观——这才是这篇散文的中心，也是这篇散文的真正主题。

当母亲在儿孙面前淡然地说着她的死，说着她死后的那些事时，作者是这样叙述的：

每到这时，我望着母亲，就想起一个成语：视死如归。……对待死，母亲的淡然，才让人真正感受到了死字后面那个"归"字的美丽。那是牧童横牛背的静美，那是长河落日圆的动人，那是大珠小珠落玉盘的纯净和剔透。在母亲眼里，死亡，是人生要面对的最后一次考试。生前，不论谁赢了多少，胜了多少，也不论谁输了多少，亏了多少，人生好不好，得意不得意，圆满不圆满，全在最后这一考。对这，母亲不仅仅是坦然，似乎还有几分乐观和期待。母亲谨小慎微地把她生命中的每一次舍，每一次亏，每一次输，都视为垫高了她走向"最后"的台阶。母亲自信满满地做好了她进入考场之前的各项准备。

作者笔下母亲对待死的淡然，母亲视死如归的平静，以及作者从母亲的淡然与平静后面感受到的"死字后面那个'归'字的美丽——那是牧童横骑牛背的静美，那是长河落日圆的动人，那是大珠小珠落玉盘的纯净和剔透"。这一段抒写，既是写母亲，也是在表达作者自己的生死观，可入最美的散文片段之例。还有作者读了母亲手抄版的带有遗嘱意味的《人生之最后》之后的几句抒情，也是别具一格的觉悟之语："有一番别样的滋味，心里也豁然开朗，就如是雨天，下着雨又照着太阳，清风拂面，人站在太阳雨下，安静通透，幸福得如一个呆人。"整篇散文，有一种洞穿生死的彻悟贯穿其间。

《为自己曾有过的一个清晨而感动》写作者十九岁时，作为一名文学青年，从成都去德阳参加艺术墙活动，清晨在德阳一条小河大水过后的河滩上漫步时，从大小各异，形状不同的水凼里，用两手捧起陷身在浑浊水里的鱼儿，救助小鱼苗的亲历之事。其中有很感人的细节。因为篇幅关系，这里就不展开了。

总体上来看，李银昭的这四篇散文，书写的皆是生命中亲历的难以忘怀的人与事，笔触直指亲情、人性、生与死这些永恒主题。走的是散文写作的正途、正路。这四篇散文已经开启了一个好的开端。只要李银昭沿着"亲历性"书写这条路走下去，一定能走出一条自己的散文写作之路，拓展出一片属于自己的散文写作新天地。

我这样强调散文写作的"亲历性"，并从"亲历性书写"视角对李银昭的这四篇散文做出以上解读，并不是说这些散文在表达上已经很完美而没有可商榷之处了。按照我的写作标准，这四篇散文中，除了《遍地冬瓜的下午》在文笔、文体和语境上已基本达到一篇优秀散文的要求外，其他三篇在语言表达上还有可充实、润色和提升的空间。"文体意识"的强化和凸显，是每一个散文写作者都应该关注和解决的问题。一篇好的散文，除了选材独特，书写的人与事感人之外，还要求文笔优美。如果李银昭能在散文的文笔、文意、笔调上再多用一些力，多下一些功夫，李银昭的散文写作定能更上一层楼。

我对此抱有殷切的期待。